角色人物
內 各

TH

20 WINNING STORY FORMS

9型人格建構人物 · **8**種角色帶動故事衝突

教你成功塑造人物的法則

SANDY FRANK

山迪·法蘭克——著　　李志堅——譯

目錄
Contents ─────────────────────────────────────

第一部　導入編劇的內心戲

第一章　編劇的內心戲　　　　　　　　　　　　　　　　12
　　　　練習：列出喜歡的電影場景

第二章　成功的內心戲：《黛妃與女皇》　　　　　　　　30
　　　　練習：找出情感轉變的關鍵場景

第三章　失敗的內心戲　　　　　　　　　　　　　　　　35
　　　　練習：寫出《愛找麻煩》中未展現的內心戲！

第二部　內心戲的兩大類型：轉變型、神話型

第四章　轉變型：角色經歷了冒險，然後呢？　　　　　　46
　　　　練習：用一句話描述一部電影
　　　　練習：為《黛妃與女皇》、《全民超人》、《鱷魚先生》、《窈窕淑
　　　　　　　男》寫劇情提要

第五章　利用九型人格建構出色劇本　　　　　　　　　　67
　　　　練習：觀看《黑道家族》、《怪醫豪斯》，列出進化型和退化型特徵

第六章　神話型：透過外部戲象徵內心戲　　　　　　　　80
　　　　練習：完成3部神話型故事劇情提要

第三部　內心戲的編寫與建構

第七章　編寫轉變型內心戲和外部戲　110
　　　　練習：列出《黛妃與女皇》的大綱表

第八章　建構你的神話型劇本　125
　　　　練習：設計你的神話劇本，填入外部戲和其意義
　　　　練習：列出《致命吸引力》、《醉後大丈夫》的大綱

第四部　關於改編、續集與翻拍

第九章　改編劇本　132
　　　　練習：分析《姊姊的守護者》電影中的轉變是否提升了內心戲

第十章　電影續集再創佳績　140

第十一章　翻拍，經典電影重新面世　145
　　　　　練習：找出一部老電影，思考如何改編

目錄
Contents ————————————————————————————

第五部　電視影集編劇心法完全解密

第十二章　內心戲vs.收視率，轉變、神話與混合型運用　　154
　　練習：參考《怪醫豪斯》，試寫故事表現角色進化、失敗的進化

第十三章　電視影集續集的構思　　164
　　練習：觀看以下幾部影集續集，思考是否有其它變型的可能？

第六部　打破規則

第十四章　隱藏的內心戲　　170
　　練習：改編《綁票通緝令》，成為前後連貫的「怪物型」故事

第十五章　有時外部戲就夠了！　　175
　　練習：觀看電視影集《Lost檔案》的第一集和最後一集，並改寫劇情

第十六章　顛覆內心戲　　180
　　練習：觀看電視影集《黑道家族》，想一個進化型和退化型的結局

第七部 透視你的劇本

第十七章 劇本透視　　　　　　　　　　　　　　186
　　　　練習：觀看幾部電影，做全面的劇本透視

第十八章 總結——我們學到了什麼？　　　　　197

第十九章 現在，你該怎麼做？　　　　　　　　205

影劇界推薦

「《角色人物內心戲攻略》完美融合了理論和步驟式的提點，正當你以為關於劇本寫作應該沒什麼能再講的時候，這本書就出現了！」

──勞倫斯・科納（Lawrence Konner），影集《黑道家族》（*The Sopranos*）、電影《尼羅河寶石》（*The Jewel of the Nile*）、電影《決戰猩球》（*Planet of the Apes*）、《超人4：尋求和平》（*Superman IV*）、《星艦迷航記VI：邁入未來》（*Star Trek VI: The Undiscovered Country*）編劇

「能夠講到其他作家也都懂了，是一種不可多得的智慧，山迪・法蘭克對於劇本結構在情感上的訴求不僅有著銳利的視角，他更明白要成就一部商業片最需要的是什麼樣的劇本，這點堪稱無價。」

──喬爾・索諾（Joel Surnow），金球獎最佳電視影集情類影集、艾美 最佳劇集、最佳男主角和最佳導演提名之《24小時反恐任務》（*24*）影集執行製作人

「我在工作中讀過很多劇本——好的，壞的，不好不壞的。老實說，如果你讀過並且聽從這本書，你會領先別人。在這本用驚人的洞悉和少有的坦率寫成的書中，新手和有經驗的老手都能從桑迪提供的實用建議中獲益。我真心推薦這本書！」

　　　　——大衛‧施塔普（David Stapf），CBS 電視製作公司（CBS TV Studios）總裁

「山迪‧法蘭克對於劇本創作結構的理解，比任何一位我曾共事過的劇作家還要好！他的建言對於我的劇本修改總是極有幫助！」

　　　　——勞倫斯‧奧唐納（Lawrence O'Donnell），艾美獎得主、《白宮風雲》（*The West Wing*）影集編劇、電視影集《勞倫斯‧奧唐納最後的話》（*The Last Word with Lawrence O'Donnell*）主持人

「山迪‧法蘭克的這本《角色人物內心戲攻略》，把劇本創作分為兩個部件……內心戲（情感因素／角色驅動）和外部戲（情節驅動）。一部電影或是一個演出成功的前提是內心戲必須堅實。有趣的是，在書中的七個部分，作者使用了大量案例來解釋、測試甚至挑戰這個理論。這本書全面解讀了為什麼有些電影或者電視影集（包括改編、續集以及翻拍）更能引起觀眾共鳴，以及你自己如何創作這種劇本。」

　　　　——愛琳‧柯拉多（Erin Corrado），OneMovieFiveReviews.com

致親愛的 Pam

在我生命的每一步，你給予我的關愛和支持。

導入編劇的內心戲

本書將把「編劇的內心戲」這個理念介紹給你。這是一個「全方位」的理論，它不是羅列電影劇本所需要的成百上千的元素，而是告訴你對於一個成功的劇本而言最重要的東西——內心戲。這不是具體戰術，而是編劇的戰略。本書的第一部分將詳細介紹編劇的內心戲。

第一章

編劇的內心戲

　　如何使用這本書？如果你是一名編劇，不管你是新手還是專業人士，你拿起這本書的目的很可能是因為你想進一步學習如何寫劇本。如果你像大多數編劇一樣，為什麼你還要學呢？你應該已經上過這方面的課程、讀過這方面的書籍，甚至已經上過大學學習如何編劇。

　　如果真是如此，為什麼你仍對如何編劇感到棘手？為什麼總覺得編劇如此之難？

找出編劇的目標

　　我們還是先打個比方吧。有一個對高爾夫球一無所知的人，他從來沒有玩過高爾夫球，甚至都沒有見過。聽說高爾夫球是一個好玩的遊戲，他決定要去試一試。於是他找到了一名當地的高爾夫球教練，請教練傳授打高爾夫球的方法和經驗。

教練很樂意教他。教練說他自己已經把打高爾夫球歸納出了一些重點，比如「低頭」和「保持左肘伸直」等等。這名新手立刻開始潛心練習，他比以前所有的人都要努力。他打出的球越來越遠，球的線路也越來越直，擊球也變得更加準確。他的球技越來越好。

　　最後，他獨自去打他的第一場比賽，打出了160桿的成績。（如果你不熟悉高爾夫球的話，我可以告訴你，這是一個相當糟糕的結果。）

　　他的表現為什麼如此差勁？不是因為教練教給他的那些東西，而是因為教練沒有教他的那些東西——打高爾夫球的目標是用最少的桿數把球擊入球洞。

　　這個故事聽起來有點傻，因為大家都知道打高爾夫球的目標，但如果你再想想，可能會想出其他目標——比如把球打得盡可能高，或者按順序使用高爾夫球桿。你還可以思考一種你不熟悉的遊戲，我們就以日本圍棋為例吧。

　　你可能上了一段時間的圍棋課程，學習了如何走棋，但是沒有學如何贏得比賽，這並不是不可能的。關鍵是我們前面提到的高爾夫球學員從來不知道他的目標所在，也就是他最終要完成什麼。

成功劇本都需要的是？

有時我感覺我們這些編劇也是如此——從來沒有人準確無誤地告訴我們，我們正在努力做的是什麼，所以我們寫啊寫啊，有時候寫得出來有時候寫不出來，但我們常常不知道是為什麼。

問一問編劇當他們坐下來著手寫自己的劇本時，他們正在做的是什麼。

你希望得到什麼樣的答案？有些編劇，特別是獲得報酬的編劇會說，他們努力按照格式，用描述和對白寫滿110頁①。記得幾年前，我的一個朋友，他不是編劇，他是一名證券交易員，他告訴我他剛剛寫完一個劇本。當時我是一名電視編劇，正在考慮寫一個待售劇本，因此我問他是怎樣做的。他茫然答道，他從第一頁開始標頁數，標到第110頁就停了下來。這並不是我想要的建議。

另一些編劇可能會告訴你，他們正在努力講述一個好故事，但是這又把問題轉向了「什麼是一個好的電影故事？」。畢竟，我在晚餐上聽到很多有趣的故事，但它們並不會成為好的劇情片。同樣，許多扣人心弦的新聞故事也不會成為好的劇情片。

有許多關於寫劇本的知識，比如我們大家都知道的：保持對白生動明快，遲一點啟動場景，在第30頁和第90頁附近讓衝

突爆發，等等。但是很少有作者和老師向我們闡述我們的終極目標：簡而言之，我們努力做的是什麼？

這並不是因為他們要留一手，而是因為他們也不清楚。畢竟，如果真有人知道怎樣寫一個好劇本，這祕訣怎麼可能不會流傳出去？若真如此，所有的劇本不就變得非常優良了嗎？

但真實狀況反而是：即使是那些真正獲得投資拍成電影，並且也上映的「最佳」劇本，仍然有碰運氣的成分。即便是寫過一部傑出劇本的編劇，他的下一部劇本也可能慘遭失敗。所以說，在寫劇本的過程中，總是存在著一些神祕莫測的東西。

要說明劇本需要什麼，同時還要不過於概括和簡單化，這並不容易。畢竟，如果我說劇本需要10樣東西，而且只要把它們放到劇本裡，你的劇本一定會成功……像這樣的說法，其實是相當愚蠢的。真的有所謂暢銷小說或者名畫創作的10步驟必勝法嗎？當然沒有！

但是，我確信劇本要成功的話需要一些東西。是什麼呢？

我稱之為內心戲。

1　在美國，劇本通常為110頁左右。譯注。

建造一個劇本

打個比方（抱歉，寫關於寫劇本的書打了很多的比方），如果你想建一棟房子，你至少必須替不同的工作項目雇用兩名人力。其中之一是建築師，他的工作是想出房子的整體設計。他會替你畫出房子完工的樣子——有可能是一層樓的西班牙式，或是兩層樓的阿爾卑斯山式的住宅。接著，他會畫出這所房子的建築藍圖，因為，他的工作就是負責這棟房子的整體創意。

當你對整體規劃滿意了之後，你要雇用另一個人，一名建築工。他知道如何讓地基牢固、牆角方正，以及窗戶漂亮。他按照建築師的藍圖，在現實中把它付諸實施。

需要注意的是這兩個人在技能上的分工差異。如果讓建築師建造他自己設計的房子，你最後很可能得到一個外形漂亮但建築施工十分糟糕的房子。這所房子有很酷的外觀，但是它的窗戶可能卡住了，因為木頭的粗細做錯了。

反過來，如果讓建築工從零開始設計這所房子，你最後得到的房子可能大門漂亮、粉刷精美，但是窗戶都在後面，臥室裡沒有光線。如果你圍著房子轉一圈，從一英尺外看起來相當不錯，但是如果你站在十英尺或者二十英尺遠的地方，你看到的房子將是一團糟。

這就是我們為什麼要雇用兩個不同的傢伙——一名建築師和一名建築工，但是，作為一名編劇，我們不得不把這兩份工

作全都統包了。

首先，我們是劇本的「建築師」，我們規劃整個故事的結構和劇本的形式。然後，我們是「建築工」，我們對每場戲和每句話精雕細琢。重申一下，這是完全不同的能力要求——我們之中的有些人精於其中一項，但是另一項則並非同樣在行。我見到過能構思出奇妙故事的編劇，但不幸的是，他們寫出來的劇本場景鬆散、對白沉悶。我也見過能寫出緊湊場景和精彩對白的編劇，但是最後能否適用於該故事，則讓人不免要擔心。

對於一棟房子來說，建造是重要的，因為你可能要在裡面住上好幾年。但是就一部電影而言，我們並不打算住到裡面去，我們僅僅打算在裡面走上一遭。因此，儘管這兩方面對於創作劇本都很重要，但是總體結構更為重要。

這本書講的是「建築」而不是「建造」。它是關於全方位的藍圖。它不是知道許多小事情的狐狸，它是只知道一件大事的刺蝟②。我在書店和亞馬遜網站調查了劇本寫作的書籍，我發現到目前為止最多的是「建築工」（我繼續使用我的比喻）這類的書。這類書的標題下標寫著「讓劇本更出色的112種方法」。也有許多書特別關注場景雕琢或者對白寫作。

2　古希臘諺語雲，狐狸多機巧，刺蝟僅一招。譯注。

有相當多的書告訴你，要在哪裡設定轉折點以及如何設定劇本的衝突。

這類書返回去介紹三幕劇結構，把兩場戲分開，然後在中間加入……等等。如今許多書告訴編劇，他們的劇本要成功就必須在特定的頁數內包括3個、5個或者15個場景。

這兩類書籍對寫劇本都有幫助。我讀過這種書並且從中學到了許多有用的東西。畢竟，能寫出好的對白並且在你的劇本中恰當使用是重要的，但是在我的印象中，市場上關於「劇本建築師」的書籍相當缺乏。然而對我而言，它們是最重要的。

外部戲vs.內心戲

那麼，為了要寫出一個好的劇本，我們到底需要什麼？

這與前面提到的體育運動類似：每一個劇本都有兩個方面，我把它們稱作「內心戲」和「外部戲」。

外部戲是我們通常所說的故事情節。它是在銀幕上進行的事情，是外部世界。我們用一部很好的電影《黛妃與女皇》（The Queen）為例：外部戲是女王伊莉莎白二世如何處理黛安娜王妃的意外死亡。

女王開始時要求王室成員對事故避而不談。她沒有流露出多少情緒，並且想要用一個簡單的聲明讓事情過去。但是她的首相意識到，在現今20世紀的英國這樣的做法並不會奏效，於

是力勸女王表現出更多的悲痛姿態。最後，為了避免君主制受到損害，女王完全照辦了。

總體而言，這是一個合情合理又有意思的故事，何況還有海倫·米勒（Helen Mirren）飾演伊莉莎白的出色表演。但是，這並非觀眾喜歡它的原因。真正促使這部電影成功的是它精心編織的「內心戲」——女王殿下的心裡發生了什麼事情。

在電影的開始，伊莉莎白女王有些冷漠，似乎不能表達自己的情感或者建立強大的人際關係，但是隨著劇情的發展她改變了。她開始明白人情味對君主的重要性，最終她從一個冷漠孤僻的人轉變為更加溫暖、更願意袒露心跡的人。最重要的是，這並非出於私欲的伎倆，而是一個真心誠意的改變。

一個令人滿意的內心戲，因此觀眾為它喝彩。這讓我想到了編劇的內心戲原則：

· 堅定不移地關注內心戲是寫出成功劇本的關鍵。

為何內心戲如此重要？

你可能會問，為什麼這是觀眾所追求的？為什麼我們喜歡看別人改變？為什麼這會比汽車追逐或者政治陰謀更讓人滿意？

因為我們喜歡看其他人經歷我們所經歷過的事情。當然，這麼說不是很精確。畢竟，我們沒有人會就黛安娜王妃的車禍發表一份皇家聲明。但是即使電影中角色所面臨的問題不是我們的問題，我們仍然能夠和那些問題有所連結，因為它們「象徵」著我們的問題。我們所有人都有弱點，並且努力想要克服它們。我們在電影中看著其他角色經歷同樣的煎熬。雖然問題各不相同，但過程卻是一樣的。

　　想一想電影《王牌大騙子》（*Liar Liar*）。金・凱瑞（Jim Carrey）扮演的佛萊契・瑞德是一個說謊成癖的律師，但是，他打算學著過誠實的生活。現今，99%的人們都知道，習慣性說謊有違道德，也是一個不好的生活策略，我們很早就認識到了這一點，卻也知道我們不需要特別去克服這種問題。

　　但是，我們有我們自己其他的問題。我們或許是自私的，或許是懦弱的，也或許是傲慢的。除非我們是完美無瑕的人，否則我們都有缺點，如果我們是好人，我們會試著去克服這些缺點。有時候我們成功了，有時候我們失敗了，克服缺點可能是一個艱難甚至令人恐懼的過程。因此，當我們看到佛萊契和說謊抗爭，我們會因為自己的弱點、自己的掙扎而產生共鳴。

　　我們喜歡看其他人和我們經歷相同的苦難，當他們成功時我們也同樣為之喝采。這讓我們回想起我們自己成功時的喜悅，也刺激我們重溫我們的失敗。對大多數人來說，這就是生活最終的樣子。

並不是說一部劇本的外部戲完全不重要，但是它是以一種特殊的方式體現其重要性：外部戲除了為主角提供經歷內心戲的機會。當然，也為觀眾觀看以及電影公司的銷售提供了機會。

外部戲是內心戲的藉口

　　讓內心戲和外部戲匹配可能很棘手。在現實生活中，要是有人說大屠殺的發生使奧斯卡・辛德勒（Oskar Schindler）變成了更好的人，那麼這種說法會令人反感，但是電影《辛德勒的名單》（*Schindler's List*）中的故事恰好就是這樣。

　　這就意味著編劇將一個內心戲和一個外部戲配成一對的時候必須小心。寫一齣發生在大屠殺背景中的浪漫喜劇，主要角色學著變成一個更可愛的女子；或者電影背景是發生911的曼哈頓，一個計程車司機學著不去欺騙他的乘客，這麼寫可能都是不對的。

　　於是重點出現了：外部戲僅僅是內心戲的藉口。這讓人聯想到希區考克（Alfred Hitchcock）的「麥高芬理論」[3]。對於希

3　麥高芬（MacGuffin）是一個電影術語，指在電影中可以推動劇情發展的物件、人物或目標，例如眾角色爭奪的一個東西，而關於這個物件、人物或目標的詳細說明不一定重要，有些作品會有交代，有些作品則不會。只要是對電影中眾角色很重要且可以讓劇情發展即可算是麥高芬。譯注。

區考克而言，麥高芬是一個激發角色的情節設定，不過它的準確解釋並不重要。角色只是認為麥高芬是重要的。其中一個經典的例子是電影《北非諜影》（*Casablanca*）中的「出境許可證」。如果你仔細想想，它們是說不通的，但是它們充當著電影中所有人都希望得到的東西。

在內心戲理論中，整個外部戲在一定程度上是一個麥高芬。真正重要的是內心戲，它是主要角色的心路歷程，以及進行了怎麼樣的變化！因此，主角之所以完成了改變，是因為他想贏得保齡球比賽？還是因為他的妻子失蹤了！說穿了真的不重要。換句話說，重要的是內心戲。

再次重申，並不是說外部戲一點也不重要。也就是說，如果一部電影有著強烈的內心戲，那它不需要太多的外部戲也能進行，反之電影運行起來就要困難得多。許多編劇指南存在的問題是過度關注外部戲，它們強調的問題往往是主角想要獲得什麼，誰是阻止他實現的對手……等等。

有內心戲，無外部戲一樣行得通

讓我們來看一個例子，電影《鴻孕當頭》（*Juno*），這是一部有著強烈的內心戲但是沒有很多俗套外部戲的電影，這部電影獲得了奧斯卡最佳原創劇本獎。

朱諾，一個意外懷孕的青春期小女孩。她決定把孩子生下

來，然後送給別人收養。朱諾身上缺少很多俗套的外部戲元素。仔細想想，電影中有一個讓朱諾的追求越來越難以實現的對手嗎？（對手是許多編劇教師兜售的絕對必需品）沒有！電影向前推進的過程中，有讓朱諾的決定變得越來越難的糾纏複雜的情節嗎？哦，沒有。

事實是，朱諾生下了她的孩子並送給別人收養，在這個過程中並沒有遇到多少反對。電影中沒有一個角色跟她說「妳不能這樣做」。但是，讓我們設想一下，有一名接受傳統訓練的編劇，他的劇本裡滿滿都是精心構思的外部戲，講述一個懷孕女孩打算把她的孩子送人收養的劇本。

我們可以把最後的電影稱作《瘋狂朱諾》。

首先，根據傳統的思路，這個女孩需要一個強大的對手。這個對手阻止她把孩子送給她選擇好的一對夫婦。

這個對手是當地兒童服務機構的主管怎麼樣？他擁有對女孩所選擇的養父母說yes或者no的權利。現在，再加入一些麻煩和曲折：我們可以說瘋狂朱諾最後選擇收養她孩子的夫婦，因為收入無法讓兒童服務機構的官僚滿意，變得不得不安排他們假裝住在一所漂亮的房子裡，而不是住在他們自己的家裡。但是就在最後的面試馬上要結束的時候，房子真正的主人意外回到家了，而喜劇也跟著發生了……

《瘋狂朱諾》會成為一部好電影嗎？我猜是有可能的，但是我可以說它不會贏得任何編劇方面的獎項。不過，這種對外部戲的關注是大多數編劇指南所堅持的。那麼，為什麼沒有精心構思的外部戲，《鴻孕當頭》也能那麼成功？

不用驚奇，這都是因為內心戲。

電影的開始，朱諾‧麥葛夫（艾倫‧佩姬飾）是一個有趣但也憤世嫉俗和不易接近的人，她與她生活中的人小心地保持著距離。她和父親的關係還行，但是感情不是特別深；她不太喜歡她的繼母，她偶爾嘔吐在繼母放在房前走廊的花瓶裡，證實了這一點；甚至那個讓她懷孕的男孩也和她保持一定的距離，更像是出於好奇而不是男朋友。

但是在電影的結尾，朱諾在外部戲中勇敢前行，她生下了自己的孩子並把他送去收養。朱諾轉變了——她和父親的關係更近了；她第一次覺得她的繼母真的是一個堅強、善良的人；她和男朋友的關係也發展成愛戀。她真正從一個冷漠、憤世嫉俗的人成長為一個心懷愛意的年輕女子。觀眾讓影片獲得了巨大成功，這便是對這種內心戲的回應。

當然，這並不是說存在一個對手有什麼錯。但要明白對手的存在是為了一個目的，而不是目的本身。對手存在的目的，是用來製造推動主要角色經歷內心戲的外部戲和困難。如果對

手的存在不是用來做這件事，那麼你應當再想想他在故事裡做什麼。而如果你有其他辦法使主角經歷內心戲，你甚至可以不需要任何對手。

所以現在你明白了吧。當然我不會自稱發現了內心戲——編劇指南總是包含了角色轉折④的內容。重點是，如果觀眾必須在一個強大的內心戲和一個強大的外部戲中做出選擇，他們每次都會選擇內心戲。

說實話，你會更喜歡哪一個：一個有著汽車追逐和爆炸的龐大的外部戲但是角色小到幾乎讓你無視；還是一個更小、更安靜的外部戲但其中有讓你深深關注的、經歷了深刻變化的角色？

這是80／20法則⑤的一個體現，如果你的內心戲正確了，即使每一頁寫得不是那麼出色，你最後也能得到一部不錯的電影。如果你把內心戲弄糟了，就算對白再精彩，你也會讓電影進行不下去。

4　　角色轉折（character arc），指角色隨著劇情的展開，必須發展、成長、學習或者改變，從而在影片結束時，角色的狀況與開始時不同。譯注。

5　　80／20法則，指某件事物80%的價值是來自其20%的因數，其餘的20%的價值則來自80%的因數。譯注。

因此，記住內心戲的原則：

- 堅定不移地關注內心戲是寫出成功劇本的關鍵。

最後再來一個比喻。治療師傾聽病人描述一個夢，他不是評價這個夢表面上的「情節」，他努力要做的是揭開這個夢隱藏的含義。事實上，如果你的治療師聽了你做的夢然後說，「你說你切下了你母親的頭，但是電鋸並不是那樣使用的」，我覺得你可能應該尋找一名新的治療師了。

觀眾就像一名好的治療師：傾聽夢裡所發生的事情，並探尋潛在的意義。這就是觀看電影的外部戲，但是對內心戲有所回應。只關注外部戲的人和影評人是可笑的，他們事實上只看到了影片的表面，而忽視了內心戲體現的象徵意義。他們只見樹不見林，他們會說，「《危機倒數》（*The Hurt Locker*）是一部完美的戰爭片。」這讓我覺得，他們完全不知道這部電影真正是關於什麼的。他們會把《白鯨記》（*Moby Dick*）⑥說成是一部關於鯨魚的完美電影嗎？

有些影評人不過是把外部戲重新羅列出來，然後表達是否喜歡這部電影。這些評論沒有意識到內心戲和它的象徵意義，這和認為《動物農莊》（*Animal Farm*）⑦這部小說是關於真正的動物一樣愚蠢。

一些影評人相當不喜歡內心戲。在此節錄一段評論家詹

尼‧亞布羅夫（Jennie Yabroff）發表在《新聞週刊》上對《豬頭晚餐》（*Dinner for Schmucks*）的評論：

美國現代喜劇的規則是故事主人公的改變和成長，並且成長總是朝著社會規範的方向進行……儘管《豬頭晚餐》的前提相當殘忍，但我們應當哈哈大笑，因為片尾字幕讓我們相信角色會成熟蛻變成一個正直的男人。好萊塢沒有讓觀眾也成熟起來，這實在太糟糕了。

這是相當明確地指控內心戲是讓電影退步的愚蠢、不成熟的東西。證據看上去清楚無誤，然而，觀眾仍然勢不可擋地喜歡內心戲。你一旦意識到觀眾真正在找尋什麼，便可以集中精力來滿足他們的期待。

順便說一句，如果你不是一名編劇，只是想知道劇本和電影是如何運作的，這本書也會告訴你。你會享受看電影和分析電影，你也會樂於把你的理論在晚餐聚會上和別人分享。

6　《白鯨記》（Moby Dick），美國小說家赫爾曼‧梅爾維爾（Herman Melville）於1851年推出的長篇小說，被譽為美國最偉大的長篇小說之一。編注。

7　《動物農莊》（Animal Farm），也譯作《動物莊園》或《動物農場》，是英國作家喬治‧奧威爾於1945年出版的反烏托邦寓言小說。譯注。

◎

　接下來這本書將詳細探討劇本寫作的內心戲，為你介紹內心戲不同的類型，並且告訴你如何構建它們。

把你最喜歡的5部電影列成一張表。並寫下其中你喜歡的（記住的）場景。你喜歡的場景中，有多少場景是這些電影內心戲中的大場面？

第二章

成功的內心戲：《黛妃與女皇》

　　為了回顧內心戲和外部戲的不同之處，我們再看一遍最近一部內心戲很成功的電影《黛妃與女皇》。這是一部叫好又叫座的小成本電影，製作預算大約為1500萬美元，而全球票房超過1.2億美元。

　　我們重新回顧這部電影的外部戲。《黛妃與女皇》是根據圍繞黛安娜王妃因意外車禍死亡的許多真實事件改編而成的。電影聚焦在伊莉莎白女王和仰慕黛安娜王妃的民眾對車禍的反應上。

　　在女王的觀念裡，黛安娜與查爾斯王子離婚後已經不再是王室的一員，因此王室成員沒有必要對此做出任何回應：沒有公開聲明，不會降半旗，並且絕對沒有皇家葬禮。但是仰慕黛安娜的民眾對此不能接受，首相東尼・布萊爾（Tony Blair）勸說女王順應民意，這時外部戲啟動了決定。

女王的自我成長，讓觀眾買單

內心戲與外部戲緊密配合。內心戲是關於伊莉莎白的情感狀態。

電影描述的是女王有著英國式的內斂、太過保守、缺少情感。這是她的個人缺陷。要克服這一點，她必須懂得讓情緒釋放並且公開表達她的情感。

外部戲雖然很有意思，但這並不足以讓觀眾塞滿美國的電影院。畢竟，美國觀眾真的會關心英國君主制是否挺過了因黛安娜之死[1]而受到的衝擊？或者女王和首相是否能居於有利地位嗎？

但是我們之所以會關心伊莉莎白女王，這部電影的主角，是否能夠克服心理／情感上的缺陷，正是因為這對我們而言象徵著我們自己與自身缺陷的掙扎。正是這個元素在真正推動劇本。我們想要看到她從缺少情感變成一個感情豐富、全心投入的人。

我們正是為這種內心掙扎掏錢買單，這種掙扎在劇本中也得到了很好的詮釋。電影的每一場戲都豐富了這個主題：我們不僅看到了女王和民眾的關係，也看到了女王和首相、丈夫、

1　黛安娜車禍死後，由於不滿英國王室的冷漠態度，英國國內因此有民眾要求廢除君主制。譯注。

母親、孩子以及孫子之間的關係。她不斷面對她最終必須要做出的選擇：是保持不變，繼續做一個不動聲色的人，還是試著做出改變，成為我們希望她能成為的感性的人。

在最後，她產生了改變，也實踐了改變。在外部戲方面，她允許為黛安娜舉行國葬，並且讓皇室成員參加各種悼念黛安娜的儀式。但是，要反覆強調，重要的不是外部戲而是內心戲。女王實際做了什麼並不是我們最看重的，但是她所做的這些事情只有在能讓我們看到女王內心世界發生了什麼的前提下才重要。我們開始明白了她為什麼要做這些事情。

她明白了她的人民熱愛黛安娜，並且他們需要他們的女王認可他們的情感，不管她個人的意見如何。如果女王尊重大眾，並且她看起來的確實是尊重的，那麼她需要透過悼念黛安娜表現出來。不是出於保持王權地位而採取伎倆，而是發自內心和真誠。這需要她自我成長，需要她變成一個更好的人，這正是她所做的。這個內心戲讓觀眾感到滿足，他們用票房和讚譽作為回報。

外部戲是劇本的皮，內心戲是劇本的骨

另一種關於內心戲和外部戲關係的表達是這樣的：外部戲是劇本的皮膚，而內心戲是劇本的骨骼。觀眾看到的是外部戲，但內心戲是讓劇本立起來並且傳遞劇本中的娛樂思想。

總之，因為良好發展的內心戲，《黛妃與女皇》成了一部成功的電影。處理黛安娜之死的外部戲處理得很好，這是我們在銀幕上看到的，但這些外部戲只是為伊莉莎白女王提供了完成內心戲的機會，認識並且記住這一點絕對重要。女王能否變得更加敞開心懷，是真正打動觀眾的關鍵所在。

　　觀眾對此的反應甚至更加抽象。儘管在這部特殊的劇本中，這位特殊角色的缺陷是情感不夠外顯，但觀眾會對主角克服任何缺陷所做出的努力有所回應。她的缺陷可能不是觀眾的缺陷，但是觀眾也有自己的一大把的缺陷。

　　我再強調一件事情，我不是說外部戲完全不重要。觀眾當然也喜歡精心製作的場景和流暢的對白。本書的前提不在於擁有一個好的內心戲就足夠了，而是說好的內心戲是必須的。

　　《黛妃與女皇》就是一部集合了引人入勝的內心戲和外部戲的電影。這部電影是每一個編劇都應該追求的完美例子。

　　本書會告訴你內心戲是如何產生效果的，這樣你就能保證你的劇本也有一個這樣的內心戲，並且它能正確地發揮作用。

單元練習 找出情感轉變的關鍵場景

觀看電影《黛妃與女皇》。列一張表,寫下與伊莉莎白女王從冷漠到熱情外向的情感轉變 有關的所有場景。影片中大多數令人難忘的場景對內心戲的重要性超過它們對外部戲的重要性,指出這一點很重要。

第三章

失敗的內心戲

我們已經看過了《黛妃與女皇》是如何展現人物的性格與轉變，這是一部內心戲札實的電影。現在，讓我們看一些缺少札實內心戲的電影。順帶一提，我很難想出一個好的例子，並不是因為它們很稀少（我們在電影院和電視上時不時就會看到），只是因為它們很難被記住。

失敗的內心戲1：電影《移動世界》

首先講一部科幻動作電影《移動世界》（*Jumper*），由海登·克里斯唐森（Hayden Christensen）主演。克里斯唐森飾演的角色叫大衛·萊斯，他從小就發現自己懂得心靈傳輸①。他

1　心靈傳輸術，用意念將自己瞬間運送到遠處。譯注。

充分利用了這種能力，環遊世界、從銀行金庫行竊，因此擁有大致看來開心得意的生活。直到有一天，他發現自己不幸成為一個古老組織幾個世紀以來搜尋和獵殺的目標，因為這個組織的教義認為，人類不應當擁有這種超能力。

這部電影的外部戲是，大衛為了活下去，極力躲避追殺他的人。這個外部戲帶來了許多動作場面和異國風情，追殺的場景瞬間從沙漠跳到山峰，並在大衛殺死追殺者時達到高潮。那麼，為什麼這部大製作的影片的實際票房收入竟少於這部電影大約8,500萬美元的製作預算？你應該已經猜到了，原因就是沒有太多的內心戲。換句話說，我們的心靈傳輸者沒有一個需要克服的缺點。

這部電影做了一個嘗試。主角年幼時似乎被遺棄而不得不獨自長大。影片中曾暗示，在他小的時候他的母親離家出走了。事實上，在電影的最後，克里斯唐森追查出他的母親竟然是反對心靈傳輸者的古老組織的成員，而母親離開家庭是因為她在瑞斯還是嬰兒的時候發現了他具有心靈傳輸的超能力，宗教組織成員的要求是很嚴苛的，她不想被迫殺掉他。

任何一個版本都很難叫人滿意，即使作為一部傻氣十足的科幻小說，它也無法讓人滿意。更直截了當地說吧，主角沒有一個他必須克服的明顯的缺點。如果你喜歡傳輸術和通電套索，那麼這部電影可能適合你；但是如果你對人物的情感發展感興趣，那麼這部電影會讓你大失所望。即使像這麼一部娛樂

性質的電影也需要內心戲。

失敗的內心戲2：電影《蓋世奇才》

並不是只有青少年電影才會缺少內心戲。以《蓋世奇才》（*Charlie Wilson's War*）為例。這部電影的製作預算約為7500萬美元，但它在美國的票房總收入僅為6600多萬美元。《蓋世奇才》這部電影是由《白宮風雲》（*The West Wing*）的編劇艾倫·索金[2]（Aaron Sorkin）撰寫劇本，湯姆·漢克、茱莉亞·羅勃茲和菲利普·塞默·霍夫曼主演。這部影片的內心戲有明顯的缺陷。

電影講的是查理·威爾森（湯姆·漢克飾），一個花花公子式的美國國會議員，捲入了為反蘇（前蘇聯）力量提供資助的活動中。劇本的這個設定明顯能讓角色有潛在的發展：威爾森可以從一個資訊不足、漠不關心、置身事外的傢伙變成一個倡議專家。

但奇怪的是，編劇沒有這麼做，而是早早地就把威爾森描述成一個很在行的人。過早提高主角的能力，就會產生令人遺

2　艾倫·索金（Aaron Sorkin），美國知名編劇，影視作品有《白宮風雲》，並以2010年電影《社群網戰》（*The Social Network*）榮獲奧斯卡最佳改編劇本獎，2015年電影《史帝夫賈伯斯》（*Steve Jobs*）榮獲金球獎最佳劇本獎。編注。

憾的結果，那就是降低了改變的可能性。觀眾想看到關鍵的成長，從不健康到健康的狀態——不要讓主角開始時就很健康，結果使轉變的可能性降到最低。

另一方面，電影的外部戲是有趣的。威爾森和菲利普·塞默·霍夫曼飾演的中情局特工和茱莉亞·羅勃茲飾演的德州社交名媛，能夠從國會那裡為游擊隊員弄到資金嗎？這是一場硬仗，但是他們辦到了。但是，再說一次，內心戲不在那裡

記住：經歷了什麼事情並不是內心戲。

查理·威爾森當然經歷了一些事情，而且他也完成了一些事情，但是他沒有承受一個重大的改變，既沒有變好也沒有變壞。總而言之，《蓋世奇才》有一個相當好的外部戲，但就是沒有內心戲，而且也沒有能替代內心戲的東西。

失敗的內心戲3：電影《全面反擊》

另一部「嚴肅」電影《全面反擊》（*Michael Clayton*）的表現也不是很好。它的票房還算可以，製作預算2500萬美元，總收入約落在5000萬美元。這部電影由喬治·克隆尼和蒂妲·絲雲頓主演，後者因飾演壞女孩而贏得奧斯卡獎。影片雖然備受好評，但其實並不是非常成功。畢竟，《鴻孕當頭》的美國票房收入超過了1.4億美元（全球票房2.3億美元），而製作預算僅編列750萬美元。

所以，讓我們看看《全面反擊》的內心戲。在電影的開頭，克萊頓在一家地下賭場玩撲克牌。他看起來玩得意興闌珊，也不狂熱或者沉溺其中。之後，我們得知他是一家律師事務所的辯護人，幫助有錢的客戶解決他們的私人問題。他不是很快樂，但也沒什麼明顯的缺陷，直到他捲入了一個威脅他生活的神祕事件當中。

在電影的最後，那家邪惡公司的律師凱倫·克勞德（蒂妲·絲雲頓飾）下令謀殺了絲雲頓的朋友，並且打算將克萊頓也幹掉，但是克萊頓在最後扭轉了局面。

同樣的，影片也有一幕暗示克萊頓改變了：他找到了克勞德，提出如果付給他幾百萬美元，他可以掩蓋她朋友被謀殺的真相。但當她同意交易時，他把他們之間的對話透過手機傳送給等候的警察。最後克勞德被逮捕了，而克萊頓也沒有拿到任何錢。這展現了一些克萊頓改變的跡象，他變成了不為貪求鉅款去掩蓋自己好朋友被謀殺的事實的人。

問題是，他從未被刻畫成那種為了幾百萬美元就掩蓋好朋友被謀殺的人。影片沒有把他描寫為聖人，他在律師事務所的工作是有些骯髒，但是比不上他在結尾假裝要去做的事情那樣不道德。這過程中，角色沒有能讓人信服的改變。同樣的，這是外部戲，而沒有內心戲。

喜劇也需要內心戲

喜劇也是同樣的規則——它們需要一個內心戲。舉個例子，讓我們來看看一部成功的浪漫喜劇電影《全民情聖》（*Hitch*）。

威爾‧史密斯扮演的亞歷克斯‧赫金斯，是一名幫助男人與他們的夢中情人約會的匿名約會顧問。外部戲包括他幫助一個超大噸位的會計師，實現與明星客戶的約會。外部戲是可愛的，但是內心戲帶來赫金斯和八卦專欄作者莎拉‧蜜拉絲（伊娃‧曼德絲飾）兩人的內心成長，才是讓電影真正產生效果的關鍵。

赫金斯被莎拉迷住了，而莎拉正在努力找出祕密約會的顧問到底是誰，她認為這個所謂的約會顧問，是讓她的朋友蒙羞的罪魁禍首。

電影的最後，莎拉重新認識到浪漫是存在的，而赫金斯則懂得了要真正走入女人的心就是得做真實的自己。赫金斯和莎拉都因此變得更好了，這個強大的內心戲讓電影獲得了票房上的成功。

最後一個例子，說明內心戲原則即使在在搞笑類型電影中也能加以應用。電影《空前絕後滿天飛》（*Airplane!*）上映之後，獲得了相當大的成功。這是一種全新類型的爆笑喜劇，

隨之而來產生了大量類似的電影。但出現了一個問題：你知道札克兄弟（David Zucker 和 Jerry Zucker）（《空前絕後滿天飛》製片人）的下一部電影是什麼嗎？不是《空前絕後滿天飛 II》，也不是另一部相當成功的作品《笑彈龍虎榜》（*Naked Gun*），而是一部叫做《笑破鐵幕》（*Top Secret!*）的電影，這是年輕的方·基墨（Val Kilmer）的處女作。

這部電影表現平平。然而我認識的最有才華的喜劇作者會告訴你，《笑破鐵幕》是比《空前絕後滿天飛》更有趣的一部電影。既然如此，為什麼它沒有在觀眾中產生同樣大的回響？

猜對了，是內心戲。《笑破鐵幕》和《空前絕後滿天飛》的內心戲一樣愚蠢——飛行員泰德能克服他對飛行的恐懼並且找回真愛嗎？——電影盡可能地拿這個故事搞笑——它也的確達到效果了。同理可見《笑彈龍虎榜》。整個幼稚的浪漫故事和對白一樣搞笑，觀眾關心的是法蘭克是否會改變的故事，而不僅是博君一笑。

從另一方面來說，《笑破鐵幕》沒有太多的內心戲。這是一部貓王電影的搞笑模仿之作，克爾麥扮演了一個貓王式的歌手，第二次世界大戰期間他在歐洲旅行的時候變成了一個美國間諜。這部電影真的一點內心戲都沒有。

電影裡有許多出色的喜劇片段，但是沒有一個引人注目的內心戲，導致電影整體平淡無奇。

這幾部電影告訴我們，即使在這類娛樂性質的電影中，有

沒有內心戲會帶來成功或失敗的區別。可別誤解我的意思，沒人說《空前絕後滿天飛》的成功全是歸功於它的內心戲，但是《笑破鐵幕》的失敗絕對是來自於缺少內心戲。

本書接下來的部分將會詳細介紹內心戲的類型。

單元練習　寫出《愛找麻煩》中未展現的內心戲！

編劇經常會意識到他們的劇本缺少內心戲，指出這一點挺有趣。因此他們會在某些元素中暗示，即使他們沒有能讓這些暗示充分發展。

觀看《愛找麻煩》（*It's Complicated*）。在這部電影中，梅莉·史翠普和亞歷·鮑德溫扮演一對離婚夫婦，他們因為一件風流韻事又回到了一起。電影裡有一些隱晦的吸食大麻的情節，但是內心戲很少。珍妮（史翠普飾）沒有一個明確需要克服的缺陷，但是電影中仍然包含了她和她的女友們討論她出了什麼問題的情節。這不足以讓這部電影有一個強大的內心戲，但是你可以看出編劇將這些情節包含其中是希望能嘗試做些什麼。

第二部

內心戲的兩大類型：
轉變型、神話型

介紹了內心戲的概念之後，一些人應該已經想到了許多不符合這個理論的電影。比如說《異形》（*Alien*），在這部成功的電影中，有誰在躲避凶殘怪物的時候確實克服了自身的一個內心缺陷？

這是因為內心戲可以分成兩種非常不同的類型：轉變型和神話型。這兩種類型有各自不同的運行方式，同時也產生了兩種非常不同的電影類型。

接下來我們將深入研究這些類型。

第四章

轉變型：
角色經歷了冒險，然後呢？

　　轉變型是我們一直在討論的一類電影，它精確地論證了內心戲：觀眾關注銀幕上的一個角色，通常是主角（但不總是），這個角色透過經歷一個外部戲的冒險，從而解決他們自身在心理或情感上存在的問題。他們在改變，如同我們看到的那樣。

　　三種最常見的轉變型是進化、退化和保持不變。我們來看看每一種在劇本中如何應用。

進化型：結局總是皆大歡喜

　　進化型無疑是最常見的劇本類型。這種類型的電影或許可以稱作好萊塢式經典電影，因為它有一個圓滿的結局。

　　這類電影是這樣運作的：一個角色（通常是主角）在開始

時被設定為存在一個內在缺陷，可能是男主角過於自私或者是女主角缺乏自信。隨著外部戲的到來，這個角色的生活失去了平衡，逼著他去解決他的內在缺陷。

為什麼他非得去解決呢？不同的電影有不同的原因。或許是為了獲得他在外部戲中所追求的東西，他不得不克服他的內在缺陷；或許為了克服她的內在缺陷，她不得不放棄她在外部戲中追求的東西。不管是哪種方式，電影最終都會以這個角色的成長——進化——成為一個更好的人而落幕。他是否在外部戲中達到了他的目標已經不再重要了，這在不同的電影中也會有不同的呈現。重要的是他的成長在內心戲中有所表現。

但是這又引出了一個顯而易見的問題：為什麼這種進化能夠取悅觀眾？

因為這種進化可以反映出一般觀眾的心路歷程——克服我們的內在缺陷從而提升自己。就我個人觀點而言，這就是為什麼人們會為了這種類型的內心戲而進電影院的原因。它和小說不同，電影是如此之短，我們必須堅定不移地聚焦在這件重要的事情上。

外部戲和內心戲可以稱為電影的外表和心靈。外表雖然重要，但是真正讓觀眾買帳的卻是心靈。

進化型劇本案例

讓我們一起來看一些進化型劇本的例子。電影《全民超人》（*Hancock*）的開頭，威爾·史密斯飾演的約翰·漢考克是一個流浪漢，他無家可歸且嗜酒如命，曾經是一個超人，並且仍然時不時地想要阻止犯罪，

但結果總是造成了更多的問題。在電影的中間部分發生了一些事情，但是在最後，漢考克明顯進化了：他不再讓自己喝得神志不清，他變成了一個成熟且受人愛戴的超級英雄。這是真正的進化，觀眾也對此感到滿意。

此外，我要指出，有時候進化的並不是主角。通常出現這種情況是因為主角已經非常接近完美了。這種主角被知名的編劇導師約翰·特魯比（John Truby）稱作「巡迴天使」。例如電影《阿甘正傳》（*Forrest Gump*）中的角色阿甘，他從電影一開始就已經相當不錯了，所以沒有什麼缺陷需要克服。但是由蓋瑞·辛尼茲和羅蘋·萊特扮演的次要角色在和阿甘的交往中，受到激勵從而經歷了深刻的改變。

電影《蹺課天才》（*Ferris Bueller's Day Off*）中的菲利斯·布勒、《鱷魚先生》（*Crocodile Dundee*）中鱷魚鄧迪身邊的角色也是這樣，而電視影集《天堂之路》（*Highway to Heaven*）和《與天使有約》（*Touched by an Angel*）也同樣如此。

《與天使有約》的主角，確切一點地說，是一個天使。她每個星期幫助一個正身處困境需要幫助的人實現進化。這部電視影集是在主角（沒有改變）的幫助下讓配角實現進化的典型

例子。

　　編劇的常規是，如果你發現你的劇本中的主角沒有經歷最重要的改變，你就應該問問你自己，你是否選擇了合適的主角。但有的時候這也奏效，《與天使有約》的例子可以證明。

退化型：主角最終選擇妥協

　　另一種轉變型是十分少見的退化型。這類故事中，主角開始是健康的，但是隨著劇本的發展他退化了或者沉淪了，最後以不如從前的狀態而結尾。這與進化型相反：他沒有克服自己的缺陷，而是向自己的缺陷低頭了。

　　退化型的內心戲遠不如進化型的內心戲那麼常見，但它也能產生效果，獲得觀眾的喝彩。為什麼？進化型代表了觀眾對積極改變的願望，而退化型則給觀眾帶來一個警世故事——正如我們希望自己變得更好一樣，我們也害怕自己變得更壞。觀眾欣賞角色的退化，可能是為他們自己能夠因此避免那種危險而感覺良好。電影影評人喜歡這類電影，是因為這和他們不得不天天觀看的那種尋常進化類型的電影不一樣。

退化型劇本案例

　　退化型電影真正出色的典範當屬《教父》（*The Godfather*）。

奧斯卡提名影星艾爾‧帕西諾扮演片中的維托‧柯里昂，我們第一次見到他時，他是一名功勳在身的海軍陸戰隊隊員，已經擺脫了組織犯罪的家族生意。他神采奕奕、事業有成，他有一個漂亮的女朋友（戴安‧基頓飾）。但是當父親遭受槍擊、大哥被神祕槍殺後，為了拯救自己的家族，維托走上了犯罪道路變成了謀殺犯。他成功地拯救了他的家族，但在這個過程中他犧牲了自己的靈魂。

為了看清楚這就是這部電影「真正講述」的內容，思考電影為何頻繁回到這一點是有意思的。在電影的中間部分發生了一系列事件，維托徒勞地想要回歸先前快樂、沒有犯罪的生活。在開槍打死了和他作對的匪徒和紐約的一名警長之後，維托逃到了西西里島。在那裡，他和當地的一個漂亮女子墜入愛河，維托娶了這個女子並打算和她在島上幸福地度過餘生。但是在一次針對維托的刺殺行動中，維托的新婚妻子不幸慘遭毒手，犯罪再一次闖入他的生活。這一次維托回到了美國並且準備接替他父親的位子。

後來，維托向他妹夫保證，他絕不會傷害自己外甥的父親，絕不會讓他的外甥成為孤兒，從而使他妹夫坦承曾幫助過他們的對手殺害了維托的哥哥，然後維托絞死了他的妹夫。電影結尾時，維托對妻子謊稱自己並沒有參與謀殺，並被擁戴為新的教父，他的退化完成了。

再舉幾個退化型的例子。電影《神偷》（Thief）中，占

士‧堅扮演的法蘭克是一個職業小偷，在幹了一票大買賣後法蘭克打算金盆洗手，但是依靠法蘭克賺錢的犯罪分子不同意他退休，並且說他毫不懼怕法蘭克，因為法蘭克已經變得軟弱，沒有鋒芒了。為了反擊，法蘭克不得不退化為他從前的那個凶殘罪犯的形象，為了能回到最初的狀態，他故意毀掉了他所擁有的一切。

在影片《候選人》（*The Candidate*）中，勞勃‧瑞福飾演比爾‧馬凱，他是一名競選美國參議員的理想主義者，他並不期望贏得選舉，只是想透過競選來宣傳他的政治理念。但是，在他的工作團隊的壓力以及在他自己日漸增長的野心驅使下，馬凱妥協了，為了贏得選舉從而選擇退化。最後，他在選舉中獲勝，但是他對自己的退化感到沮喪，他雖然獲得了相當大的成功，但似乎完全不知道自己接下來該做什麼，在這個過程中他喪失了誠實與正直。

不變型：忍得住大誘惑的角色

轉變型內心戲的第三種主要類型是不變型。這種類型中，主角既沒有進化也沒有退化——他本質上保持在同一水準。這聽起來好像不大會發生什麼事情，那麼這種類型的影片如何成功，怎樣呈現一個讓人滿意的故事？

達到目的的方法是，角色為了保持不變，必須禁得起巨大

誘惑，而不至於退化。

　　和進化型相似，這是另一種流行的故事形式，因為這是我們大家經常面對的一種狀況：我們不得不抗拒讓我們倒退的誘惑，尤其是在我們已經歷經了那麼多的痛苦來提升自我之後。這種變動是電影使出技倆的前提，因為描寫過程比缺少退化更容易。

不變型劇本案例

　　就因為這個原因，明確地展現角色抗拒的誘惑很重要。近幾年一個很好的例子是《300壯士：斯巴達的逆襲》（300）。這是一部在全球獲得巨大回響的電影，它講述的是西元前480年，李奧尼達王國王和他僅有的300名斯巴達勇士如何在溫泉關之役中成功抵禦來自波斯的十萬名入侵者。雖然斯巴達人最後被波斯人打敗並被屠殺，但是他們光榮地死去，並且成為流傳至今的傳奇。

　　《300壯士：斯巴達的逆襲》的外部戲是李奧尼達王（傑拉德・巴特勒飾）和他的斯巴達人明知必然會死但仍和強大的波斯帝國對抗的故事。這場肌肉強健的硬漢之間展開的戰爭令人興奮。但是，再一次，還是內心戲產生了票房收入

　　但是這個內心戲明顯不同於進化型和退化型。不同之處是《300壯士：斯巴達的逆襲》的主角幾乎沒有一點改變：李奧

尼達王開始是英雄，最後仍然是英雄

　　如果有人想把它寫成一個進化型故事，那就需要李奧尼達王在開始時是一個懦夫，然後讓他成長並且發現潛藏在自己內心的英雄。

　　但是故事並非那樣。李奧尼達王一開始就英勇豪邁，他還是一個小男孩的時候就殺掉了一隻巨大的惡狼。他有自己一貫的英雄氣概，毫不猶豫地帶領著他的戰士與波斯軍隊決一死戰，最後英勇死去。因為在這類電影中主角沒有進化，相反，他必須面對和抵制退化的誘惑，所以他保持不變。畫面立刻轉到成年的李奧尼達王，一名波斯信使拜見李奧尼達王，信使告訴李奧尼達王如果他願意接受波斯王薛西斯的統治，他可以保留斯巴達，甚至能擁有更大的權力。李奧尼達王看似在仔細考慮這個提議，然後電影透過李奧尼達王把信使和他的隨從踢入一口無底深井巧妙地暗示了他的拒絕。

　　這種誘惑／拒絕之後又重複了兩次。第一次，李奧尼達王和薛西斯面對面接觸，薛西斯重複了他給李奧尼達王的條件。這一次，李奧尼達王毫不遲疑地予以拒絕，這完全激怒了這位體格強健但是性向模糊的薛西斯王。

　　最後一次在電影的結尾，李奧尼達王最後一次出現在薛西斯的面前。波斯人已經找到一條可以從側翼包圍斯巴達人的道路，如果李奧尼達王拒絕接受波斯人的提議，波斯人便會將斯巴達人趕盡殺絕。而這一次提供的待遇要更加優越——李奧尼

達王和斯巴達人的勇猛讓薛西斯深為讚賞，如果李奧尼達王同意尊崇並聽命於薛西斯，那麼李奧尼達王不僅能夠統治斯巴達，而且可以統治被波斯人征服的希臘。

編劇的智慧在這兒得到了體現——李奧尼達王思考了很長一段時間，他似乎要向這個怪誕的波斯統治者俯首稱臣。李奧尼達王摘下頭盔，扔下長矛和盾牌，拜倒在薛西斯面前。

但是片刻之後，李奧尼達王對他的手下喊出一聲號令，我們意識到這是李奧尼達王的一個計策。一名斯巴達戰士殺掉了一個波斯發言人，而李奧尼達王自己則將長矛擲向薛西斯，劃破了他的面頰。然後，李奧尼達王和他的戰士們血戰到底，最後光榮地死去。

這就是保持不變的關鍵：明確並且重複展現讓主角妥協的誘惑。如果他能抵制誘惑，這個故事就能讓觀眾滿意，因為儘管主角沒有進化，但他成功抵制了退化。

很重要的一點是，一個保持不變型的劇本所堅持的價值觀能夠與觀眾產生聯繫。讓我們以《格鬥風雲》（*Redbelt*）為例，這部電影由大衛・馬密擔任編劇和導演。主角是一名巴西柔術教練，他在道德上反對在搏擊場上比賽柔術。當他被邀請在一場錦標賽上比賽時，他不斷地拒絕，但是最終還是同意了，因為他不得不償還一場突如其來的鉅額債務。

在最後關頭，在他準備比賽之前，他再一次拒絕走上競技

場，但卻在競技場的走廊裡遭受到他強大對手的猛烈進攻，故事最後，他將對手擊敗。這符合保持不變的形式，但它並不能讓人非常滿意，因為主角一直以來所堅持的價值觀——拒絕在競技場上比賽——不能讓觀眾產生共鳴。可以推測得到的是，任何去看功夫片的人都是去看銀幕上的打鬥，無論打鬥是否在競技場進行。所以主角為了不參加比賽所做的糾結與掙扎，並沒有產生多大影響。因此，影片堅持普世價值會更好，比如勇氣和榮譽。

最後一個保持不變型的例子是《豪情好傢伙》（*Rudy*）。在這部電影中，西恩·艾斯汀飾演的盧迪一直嚮往聖母大學，他的人生目標是被這所大學錄取並加入它的橄欖球隊，儘管他明顯缺少實現這兩個夢想的條件。他面對了一次又一次的挫折，但他從未放棄。他被聖母大學錄取，並且成為了校隊候補陣營的一員，他們是大學橄欖球隊球員訓練的對手，但是他們不能上場比賽。

就像李奧尼達王國王，盧迪沒有任何真正的錯誤。他從一開始就堅持不懈，也沒有經歷明顯的進化。

待在候補隊對盧迪而言既曠日費時又經歷了身體上的折磨。教練向他承諾，讓他參加大四的最後一場比賽，但是新教練否認了這個承諾。盧迪受夠了，他要求退出。但是，就像李奧尼達王從地上站起來一樣，盧迪回來了，被盧迪感動的隊友逼迫教練讓盧迪上場參加比賽。在最後，他參加了那場賽事

（也是他大學生涯）的最後兩節比賽，成功將對手的四分衛擒抱，並且成為聖母大學球隊第一個被隊友抬下場的隊員，盧迪是真正地堅持到底。

其他類型：進化型、退化型和不變型的綜合體

在結束這章之前，其他一些不常見的轉變類型也很值得一看。這些類型的結構本質上是將進化型、退化型和不變型組合而成。這是講得通的，畢竟一個角色的心理狀況可能面臨前進、後退，或是改走其他方向。

1.不成功的進化型：最後還是沒能進化

第一種是不成功的進化。主角在開始時有相當大的缺陷，然後外部戲給他提供了一個進化的機會。他利用了這次機會，雖然他可能在一定程度上存在矛盾心理。不過，最後他沒能成功進化，而是回到了最初的狀態，甚至還不如從前。他的進化是不成功的。

最近的一個不成功進化的例子是電影《力挽狂瀾》（*The Wrestler*），這是影星米基‧洛克的復出作品。洛克扮演的藍迪‧羅賓森是一個光芒不再的職業摔角手。在開始時藍迪存在著很大的性格缺陷，他一直沉涵於以前摔角比賽的日子中，覺得那是唯一能證明自己價值的東西。隨著電影的發展，他得到

了一個進化的機會：他有了一份穩定的工作，能夠和與自己關係疏遠的女兒真正重歸於好，並且和一個脫衣舞女發展了戀愛關係。

但是在最後，藍迪拒絕接受現實生活的可能性，再次回到了他所沉溺的戰無不勝的摔角歲月。他比以前更沉淪：他犧牲了自己和女兒以及女友的關係，繼續作為過氣摔角手在破爛的體育館裡做一些小型表演，更糟糕的是，隨著劇情的發展，他心臟病突發，如果繼續摔角他隨時可能性命不保。

另一個例子是《遠離賭城》（*Leaving Las Vegas*）。尼可拉斯・凱吉扮演的班・山德森，從一無所有、嗜酒如命的人，來到拉斯維加斯決定飲酒至死。他遇到了身處麻煩的妓女莎拉（伊麗莎白・蘇飾）並且產生了情愫。他們做出種種嘗試想讓對方進化，觀眾希望他們能夠成功。然而在故事的結尾，他拒絕進化並且死去，但是觀眾仍然希望莎拉能夠進化。

2.失敗與重生型：關鍵在於能否回到最初

接下來是失敗與重生。在這類劇本中，主角先是退化，問題的關鍵是他能否足夠進化並在電影的最終回到最初的狀態。

最近的例子是《名媛教育》（*An Education*）。在這部電影中，珍妮・梅勒（凱莉・墨里根飾）是一個聰明且受寵愛的青春期少女，她成了大衛・高德曼（彼得・賽斯嘉飾）的獵豔目標。大衛三十多歲，風度翩翩。他帶珍妮領略了一個她從未見

過的浮華奢靡的成人世界，這讓珍妮大開眼界。

當大衛向她求婚時，她接受了並且就此退學，這讓她的家人和老師感到失望。但這並不是珍妮的退化，她的退化發生得更早，當她意識到大衛並不像他表現出來的那樣富有，而是一個行騙老手的時候，儘管大衛是無恥的，珍妮還是選擇接受並繼續他們之間的關係，珍妮退化了。

然而，外部戲出現了，珍妮意外發現大衛已經結婚的事實，這讓珍妮結束了這段關係，並且開始回到她先前狀態的進化之旅。她拒絕了大衛，回到了家人身邊，並且繼續學業，完成了她的重生故事。

3.進化與保持型：內心戲仍在持續上演

另一個轉變型的變種的例子可以在電影《大審判》（*The Verdict*）中找到。在這部電影中，時運不濟的律師法蘭克・高爾文（保羅・紐曼飾）嗜酒成癮，他得到一個機會，代表一個因醫療事故陷入昏迷的婦女處理案子。只要與教區醫院達成庭外和解，他就會輕易得到一筆錢，而他也急切需要這筆錢，於是他很高興地接下了這起案子。

但是當他拜訪可憐的受害人時，看到她躺在醫院病床上，幾乎跟死了一樣，高爾文再也無法忍受。他拒絕了和解所提供的不合理條件，並且決定替當事人伸張正義。他已經進化了，因此電影很快就會結束了，對嗎？

錯了。如果高爾文真的實現了最終的進化，如果內心戲已經完成，那麼這部電影就會過早結束。但是實際上，這部電影由此進入了保持不變的狀態，而觀眾看的是他是否退回到了最初有缺陷的狀態。因此這不是進化，這是進化和保持。

事實上，他馬上就開始後退。案子的艱難讓高爾文惶惶不安，他打算重新開始商議和解。他確信自己會輸掉官司。內心戲絕對沒有結束，無論怎樣，這似乎絕對不像先前進化的繼續。而觀眾在看是否會繼續。

故事的最後，高爾文替受害者打贏了官司，他的進化變成了永久。他戒掉了酒，改掉了自己的不良行為，拒絕接聽惡劣的女友打來的電話。進化／保持不變的結合在這部電影中得到了很好的運用。

4.有變化的保持不變型：進化成更好且自我犧牲的人

電影《黑暗騎士》（*The Dark Knight*）說明了編劇如何讓一部保持不變型的電影在結尾有變化——一些小的進化。《黑暗騎士》是按照保持不變型設定的故事。電影中小丑（希斯·萊傑飾）試圖把蝙蝠俠（克里斯汀·貝爾飾）拉下水並且發生打鬥。蝙蝠俠不斷抵制了這種退化，這是保持不變。

但電影並沒有就此結束——在最後時刻，蝙蝠俠甚至走得更遠了。為了不讓高譚市的市民失去希望，他扛下了哈維·丹特（亞倫·艾克哈特飾）犯下的謀殺罪，因此沒有人知道丹特

已經被小丑拉攏並且變成了一個雙面惡魔。在最後關頭，蝙蝠俠並非僅僅保持不變，而是進化成了一個更好的、自我犧牲的人。這是進化型角色應當從有很大性格缺陷開始的一種例外。因為這主要是一部保持不變型的電影，所以蝙蝠俠以好人開始，而且自始至終是個好人，在每一個結尾甚至變得更好。

這些變型很受觀眾喜愛，因為它們是如此不同。透過把經典形式組合在一起，聰明的編劇能夠創作出一些獨特的故事。

5. 表面進化型：表面改變但骨子不變

下一種類型是基於這個事實，角色的進化是從觀眾的視角來看待。這就意味著一個角色不需要「實際的」改變，只要讓觀眾覺得他已經發生改變就可以了。

以電影《巨塔殺機》（*Eastern Promises*）為例。在這部電影中，維果‧莫天森飾演尼古拉‧盧志，他是一名歹徒的司機並且幫忙處理屍體，他在倫敦的俄羅斯犯罪組織中有進一步發展的潛在可能。儘管他從事著這樣一種職業，尼古拉還是很受觀眾喜歡，我們希望他能夠進化。在電影的最後，尼古拉切斷了自己的退路，成了黑幫的老大，但是尼古拉也被發現他其實是一名臥底，幫助英國政府滲入犯罪活動。

當然，尼古拉沒有真正進化——在整部電影中他都在掩人耳目，但是觀眾不知道他打算做什麼，他表面上進化了。從觀眾的視角來看，他已經從凶殘的罪犯轉變成了為政府打擊罪犯

的戰士。不過對觀眾而言，這種表面上假裝的轉變和一個角色真正的轉變一樣令人滿意。

電影《刺激驚爆點》（*The Usual Suspects*）是另一個這種少見變型的例子。凱文·史貝西扮演羅傑·金特，他是一個跛腳的騙子，故事中，警探審問他關於最近一起造成二十幾人喪生的爆炸案。

韋伯向警探詳細講述了一次精心策劃的搶劫，但搶劫出了差錯。審訊結束，韋伯被釋放，但是警探意識到剛剛聽到的整個故事可能是一個錯綜複雜的謊言。

而我們這些觀眾，看到史貝西從一個跛腳的韋伯變成超級罪犯頭子凱撒。與《巨塔殺機》中的尼古拉相似，韋伯在整部電影中都是假的，他的進化是表面上的，雖然不是事實，但卻相當讓人滿意。

你會注意到，表面進化得仰賴「隱藏」。主角對故事裡的其他角色和觀眾隱藏自己的真實面目，當他的真實面目最終被揭穿，就達到了和傳統的進化型故事相同的效果。

6. 表面退化型：隨著劇情發展逐漸顯露全貌

如果你認為表面進化是少見的變型，這裡還有一種更罕見的——表面退化。

如同像表面進化一樣，表面退化也要依靠隱藏。丹佐·華盛頓和伊森·霍克主演的《震撼教育》（*Training Day*）便是一

例。霍克扮演的傑克・霍特是一名第一天工作的年輕臥底緝毒警察，他跟著緝毒組指揮官艾朗索・哈里斯（丹佐・華盛頓飾）一起行動。隨著電影劇情的發展，哈里斯的真實面目逐漸暴露，從表面上看，他正在退化。

起先，哈里斯看起來是一個不按常理出牌的警察，喜歡打破規則，但本質上是為了實施法律，並且想把毒品和毒販從大街上完全消滅。但是隨著故事的推進，我們看到了他隱藏的黑暗面浮現出來——為了還清賭債，他和他的手下謀殺並搶劫了一個毒販，而當霍特拒絕和他的長官同流合汙時，哈里斯雇了一幫槍手去謀殺他。再說一遍，哈里斯沒有改變——他向霍特和觀眾隱藏了自己的真實面目，但是觀眾逐漸覺察到真相並認為哈里斯退化了。

跳躍的時間軸：讓觀眾感覺到表面上的進化

這不是一種類型，只是表面進化型的另一個方向。編劇有時故意不按照時間順序安排場景。這會有「效果」嗎？有時會，有時不會。關鍵是扭曲的時間是否有利於表現進化。

這類電影傑出的先驅是《黑色追緝令》（*Pulp Fiction*）。電影由約翰・屈伏塔和山繆・傑克森扮演的文生和朱爾這兩個打手殺掉了一群偷竊他們老大東西的盜賊開始。然後他們意外地殺掉了他們的司機，因此不得不叫人來幫忙清理混亂狼藉的現

場。

接著他們去餐館吃飯，在那裡有兩個強盜想要搶劫其他顧客。文生和朱爾打倒了強盜，但是留下了他們的小命，之後朱爾打算結束自己的犯罪生活變成一個好一點的人。至於文生，則在某次陪老大的老婆出去散心，她因為服用毒品過多，心臟停止了跳動，文生救了她一命。同時間另一個故事也在進行著，一個叫布區的拳擊手答應老大故意輸掉一場比賽但卻失約，當老大派文生去幹掉布區時，布區反而殺掉了文生，然後去搭救險些被變態警長強暴的老大。

從各方面來說，《黑色追緝令》不是一個連貫的進化型故事。因此編劇／導演昆汀‧塔倫提諾（Quentin Tarantino）把故事分成幾個部分並且不按時間順序將其呈現出來，故事以文生和朱爾寬恕了餐館劫匪走出餐館結尾。因為時間軸的改變，讓觀眾感覺這是表面上的進化。

與電影《關鍵危機》（Rendition）做一個對比。在這部電影中，瑞絲‧薇斯朋扮演一個美國婦女，她的埃及裔丈夫被懷疑和一起恐怖爆炸有關，在一次國外會議返回途中被逮捕，並被送往一個祕密監獄，在那裡他遭受了拷打和審訊。

與這個討論相關的是影片存在另一條故事線，在這條故事線中，刑訊逼供者的女兒和他的男友私奔，但是她不知道她的男友是一名恐怖分子。這條故事線已經顯示是和審訊故事線同時進行的，但是在影片的結尾，人們發現實際上這條故事線更

早就發生了，爆炸結束了私奔女兒的故事而同一起爆炸事件開始了審訊／拷打故事。

但是這種時間的扭曲和《黑色追緝令》不同，它沒有任何意義。它對內心戲沒有進一步的深化，它只是故作聰明，它僅僅告訴觀眾：「你覺得你知道要發生什麼，但是我愚弄了你。」

這並沒有讓電影變得更好，也沒有讓電影更受歡迎。不要告訴觀眾你比他們聰明——這會倒了觀眾的胃口。

以上是轉變型內心戲的類型。之後的章節將會討論另一種內心戲類型——神話型。

劇情提要是用一句話來描述一部電影。任何一個作者都會告訴你，好的劇情提要對你出售好點子是必須的，行銷主管也會告訴你一個好的劇情提要能促使觀眾買票。

在轉變型的劇本中，描述外部戲並且提示內心戲都是重要的。比方說，你為電影《威鯨闖天關》（*Free Willy*）寫劇情提要，不要僅僅寫「一個男孩和一條面臨死亡威脅的倒楣鯨魚成了朋友」。這種寫法沒有隱含內心戲。相反地，學學 DirecTV [①] 為《威鯨闖天關》實際所寫的劇情提要：「一個被遺棄的膽怯男孩和一條面臨死亡威脅的倒楣鯨魚成了朋友。」這個劇情提要讓觀眾知道了主角的內在缺陷，而且既然他們以前都看過電影，那麼就會知道這部電影是進化型的內心戲。

另一方面，描述電影的內心戲不要走得太遠，例如，這裡有一條 DirecTV 為珍妮佛‧安妮斯頓和亞倫‧艾克哈特主演的電影《愛上妳愛上我》（*Love Happens*）所寫的劇情提要：「一個療傷大師開始意識到他從來沒有真正面對過亡妻之痛。」這條劇情提要是單純的內心戲，甚至沒有一點關於珍妮佛‧安妮斯頓在電影中做了什麼的暗示。它的失敗之處是完全沒有提到外部戲。

[①]　DirecTV，美國一家衛星電視公司。譯注。

單元練習 2 為電影《黛妃與女皇》、《全民超人》、《鱷魚先生》以及《窈窕淑男》寫劇情提要

為電影《黛妃與女皇》、《全民超人》、《鱷魚先生》以及《窈窕淑男》（*Tootsie*）寫劇情提要。一定要描述外部戲，並且要透過提及角色會改進的內在缺陷來暗示內心戲。

第五章

利用九型人格[①] 建構出色劇本

　　到目前為止，我們集中講了轉變型，在這種類型中角色有一個內在缺陷，他透過經歷外部戲最後克服了自己的內部缺陷。但是，你怎樣想出那種內在缺陷？編劇為一個普通角色賦予一種缺陷是危險的，這種搭配不能讓人信服。有什麼東西可以幫助編劇實現這個過程？

1　九型人格特質正面、負面表現：
　　1.改革型——優點是理性自律，缺點是追求完美容易流於批判他人。
　　2.助人型——優點是互動圓融，缺點是不善婉拒他人要求。
　　3.成就型——優點是高度專注，缺點是易受權力左右而成為工作狂。
　　4.自我型——優點是個性鮮明，缺點是對於他人批評過度敏感。
　　5.調查型——優點是擅於觀察，缺點是容易流於傲慢不易與人溝通。
　　6.忠誠型——優點是忠誠負責，缺點是對於決策不夠果斷。
　　7.活躍型——優點是多才多藝，缺點是無法專注單一事物。
　　8.挑戰型——優點是權威果斷，缺點是希望別人按照他們方式做事。
　　9.和平型——優點是隨和大方，缺點是容易附和他人揚棄個人觀點。

九型人格助你設定角色

九型人格是一個性格分類系統，它把人分為九種性格類型，然後詳細研究這些類型，他們的期望和夢想，他們的特徵和恐懼。對編劇尤其有幫助的是，它概括了每個性格類型的健康和不健康兩種版本。這和本書展示的原理可以完美契合，能夠為每種類型的進化和退化提供清晰可信的例子。

以下是九種人格類型（注意這不是正式的學名，不同的書採用了不同的術語）：

類型一：改革型
類型二：助人型
類型三：成就型
類型四：自我型
類型五：調查型
類型六：忠誠型
類型七：活躍型
類型八：挑戰型
類型九：和平型

意識到各種類型沒有孰好孰壞之分是很重要的。每一種都有健康和不健康之分。

其他的編劇書，像傑夫・基臣（Jeff Kitchen）的《寫一部偉大的電影》（*Writing a Great Movie*），已經推薦利用九型人格來塑造一個複雜可信的角色。本書這一章也與此有關，但是會更深入地應用九型人格來構建一個轉變型的內心戲。這是一個會讓編劇感到驚奇的工具。

挑戰型人——控制欲強，有時會為自己惹上麻煩

讓我們以一個編劇時常用的類型為例，類型八：挑戰者。以下是來自九型人格協會網站[2]的簡要描述：

強力、進取的類型。類型八的人自信、堅強、果斷、有保護欲、足智多謀、直言直語、堅定，但也是以自我為中心、獨斷專橫。類型八的人覺得他們必須掌控周邊的環境，尤其是其他人。他們有時變得喜歡對抗，令人恐懼。類型八的人是因為自己的脾氣惹上麻煩的典型。他們最值得稱道的地方是善於自控，他們用自己的力量提升他人的生活，變成一個有英雄氣概、寬宏大量和振奮人心的人。

---

2 國際九型人格協會（International Enneagram Association）：www.internationalenneagram.org。編注。

必須再次指出的是，類型八的人，和所有其他類型的人一樣，本身並無好壞之別。類型八的人可以是總統，也可以成為銀行搶劫犯。這只是取決於他們健康或不健康的程度，但是他們和其他類型的人有相同的基本特徵。

在轉變型劇本中，這能幫助編劇想出主角的「缺陷」。編劇經常想不出一個能讓人十分信服的缺陷。他們會構建一個單調的、平常的角色，然後讓他具備自私、吝嗇、孤獨或者其他情節需要的缺陷。九型人格可以使編劇在創造角色的時候為他們設定缺陷。

讓我們看看編劇如何為類型八的主角創造缺陷。我們開始時把他設定為一個健康等級相當低的人：

7級：公然對抗任何企圖控制他們的嘗試，十分殘忍、獨斷、獨裁，相信「強權就是真理」，可能成為罪犯和歹徒、叛徒、騙子。他們鐵石心腸，道德淪喪，有暴力傾向。

現在，讓我們看一個相當健康的版本。

2級：這個級別的人堅定而自信，強壯；知道為自己需要和想得到的東西而奮鬥。他們足智多謀，坦率熱情。

有了這兩種描述，創作一個「有缺陷」的主角就簡單了，主角開始是不健康（7級）的類型八，然後通過劇本的發展讓他進化到更健康（2級）的類型八。這個缺陷不會讓人感覺是刻意塑造的，因為它是主角個性的構成要素之一。

在浩如煙海的電影中尋找這種技巧的案例是困難的，畢竟，多數劇本的創作並沒有求助於九型人格。但是一些劇本還是與九型人格相當契合，那麼，讓我們看一看。

挑戰型人的應用：《300壯士：斯巴達的逆襲》

既然我們討論了類型八（挑戰型人），讓我們再次回顧《300壯士：斯巴達的逆襲》。在這部電影中，當似乎不可戰勝的波斯人大舉來犯並燒殺搶掠時，斯巴達的國王李奧尼達王決定奮起反擊。

前面已經指出，《300壯士：斯巴達的逆襲》不是一部典型的進化型電影；相反，它是一部保持不變型的電影。因此，李奧尼達王非常符合類型八，他並沒有從不健康的類型八轉變成為健康的類型八。他從始至終都是健康、勇敢的挑戰型人。

那麼，如何利用九型人格幫助一個編劇撰寫《300壯士：斯巴達的逆襲》？來看一段選自九型人格協會網站的描述：

類型八的人有健康的情感時，他們機智自信，有穩定的內心驅使。他們採取主動，以對生活極大的熱情做事。他們受人尊敬、擁有權威，是天生的領導者，有著穩重、威嚴的儀態。他們的本性給了他們充足的「常識」，也給了他們當機立斷的能力。類型八的人願意承擔壓力，明白任何決定都不能使每一個人都滿意。但他們會盡最大可能，不偏不倚地照顧他們負責的人的利益。他們用自己的才智和勇氣為他們生活裡的人創造一個更為美好的世界。

　　這裡有一個如何利用九型人格資訊，幫助編劇來建構這個故事的例子。

　　隨著電影的發展，駝背的厄菲阿爾特找到李奧尼達王。厄菲阿爾特是斯巴達人，但是因為身體上的缺陷未被允許參軍。他祈求李奧尼達王允許他加入300勇士。

　　李奧尼達王相當尊敬地聆聽了厄菲阿爾特的請求，並且觀看了厄菲阿爾特展示自學的兵器技巧，他的演出令人印象深刻。我們覺得李奧尼達王會准許厄菲阿爾特的請求。

　　但是接下來，李奧尼達王要求這位身體有缺陷的斯巴達人示範在軍中服役需要他的位置以及需要他做的動作，不是作為一個個體，而是作為斯巴達部隊的一部分。由於他的自身條件，厄菲阿爾特不能做到他可能必須要做到的事情。李奧尼達王遺憾地告訴他因為這些原因，他未被允許加入軍中服役。

李奧尼達王是絕對正確的，因為厄菲阿爾特在斯巴達軍隊中的存在會危及其他戰士。由於李奧尼達王是健康的第八型，所以他必須做正確的事情，不是做當時覺得好的事情。正確的事情就是讓厄菲阿爾特失望，而不能讓他的戰士遭受危險。

　　如果讓你來寫這個故事，你可能不會想到這個小插曲。你可能僅僅會讓厄菲阿爾特為了什麼事情對李奧尼達王和斯巴達人發怒，並且以此作為他幫助波斯人的動機。但是提到九型人格的描述可能會給你好主意：既然你把李奧尼達王描繪成一個拒絕退化的健康的第八型人格，那麼為什麼不去探索這個類型的其他方面？為什麼不去探索他的絕對公平和不願意為他認為正確的事情妥協的精神？

　　同時，厄菲阿爾特這個插曲在外部戲裡也是重要的。在被李奧尼達王拒絕之後，厄菲阿爾特受到了波斯人的奉承和賄賂，因此他向波斯人透露了通往山頭的祕密通道，這條祕密通道能讓他們包圍斯巴達克人的側翼，並且能繞到他們背後。因此，挑選九型人格的一種類型，然後探究它的錯綜複雜，這不僅是塑造角色的絕佳方法，也對構思一個情節有極大幫助。

　　重點是把「給角色一個內在缺陷，然後讓他去克服它」這個規則轉換成基於九型人格的版本：「讓角色從他所屬的九型類型的不健康版本開始，然後進化到更健康的版本。」

　　在九型人格協會的網站，可以找到各種類型的簡短描述。協會提供的許多文章和援助對編劇很有益處。我特別推薦他們

的九型人格表以及唐・理查德・里索（Don Richard Riso）和拉斯・赫德森（Russ Hudson）合著的經典著作《九型人格2：發現你的人格類型》（Understanding the Enneagram）一書。

我也建議編劇考慮購買九型人格協會的線上測試，因為它既能啟發編劇暸解自己，也可以讓編劇使用他們的「九型人格描述擴展版」。這些將會給編劇一些建議，比如：「類型八的人明白了這世界並不是一個戰場，而是對意志的巨大考驗，自此產生了成長。」這些對編劇構思轉變型劇本有巨大幫助。

回到九型人格的應用，難處是把我們的基本前提轉換成九型人格的表述。我們的通用模型是轉變型劇本的進化類型。

我們以一個心理／情感上有缺陷的主角開始。歷經了外部戲之後，主角成功地克服了他的缺陷，最後變成了一個更好的人。

現在我們把它翻譯成九型人格的說法。

成就型人——自信迷人，有時過分注重自身形象

主角和所有人一樣，具有九型人格的一種類型。編劇所做的是挑選一種對他們的故事最有用的類型。例如，如果角色必須明白金錢不是一切，那麼開始時他可能是一個認為金錢就是一切、擁有物質財富非常重要的人。類型三（成就型人）的人是自然而然的選擇：

類型三的人自信、迷人，富有魅力。他們雄心勃勃、精力充沛、才能超群。他們很看重地位，會為了自己的提升不擇手段；他們處事圓滑，但是有時過分關心自己的形象以及別人對他們的看法。

接下來是一個進化的故事，所以角色在開始時要處在一個相對不太健康的狀態。看一看類型三的第七級。

7級：害怕失敗，害怕丟臉，他們有剝削心理，喜歡投機取巧。他們嫉妒別人的成功，願意採取任何方式來保持自己的虛榮心。

讓我們跟隨這個練習，從一個看重地位的第三類型的人開始，這個人有剝削心理，喜歡投機取巧。外部戲的經歷給了他一個教訓，讓他變成一個健康一點的第三類型的人。例如：

2級：他們自信積極、尊重自我、富有能力，他們相信自己和自身價值。適應能力強，富有魅力，人格高尚。

簡而言之，九型人格是編劇的一個非常有用的工具。用最簡單的話說就是，它用精確的九型人格術語「以一個不健康的基準開始」和「以一個健康的基準結束」代替了意思含糊的詞

語：「有一個缺陷」和「克服了他的缺陷」。

成就型人的應用：《華爾街》

讓我們通過電影作品來說明。在電影《華爾街》（*Wall Street*）中，查理・辛扮演的巴德・福克斯是一個努力的股票經紀人，他極度渴望物質成功與地位。換句話說，他是不健康的第三型人格。

他不關心如何達到自己的目標。我想如果他真正擅長找出哪檔股票會上漲，他會藉此獲取金錢和地位，從而成為富有的社會成員。但是他沒有，因此幾小時之後他闖入辦公室翻看檔案，尋找內部非法交易的機會。正如對第三型人格描述的那樣，對他來說重要的事情就是無論採取什麼手段都要保持自己的形象。

他的父親（馬丁・辛飾）告訴他這不是生存之道，在生活中有比錢更重要的東西。巴德不得不在他真實的父親和義父之間做出選擇，後者是邪惡的股市大亨葛登・葛克（麥克・道格拉斯飾）。

電影大部分時間裡他追隨著葛克，但是在最後，他聽從了自己真正的父親並且進化了。他向監管當局告發了自己和葛克，兩人都因此入獄。他從一個不健康的第三類型變成了健康的第三型。

這就是九型人格的方法：

　　為角色在九型人格中找一種類型與他匹配，他要克服的缺陷包含在該類型的不健康版本中。隨著劇本的推進，表現這個角色在更健康和不健康的版本中轉換。然後，在一個進化型的故事中，讓他最終走向更健康的版本。

　　使用綜合性的心理工具，如九型人格，可以帶來逼真、可信的感覺，因為這些類型是真實並且連貫、協調的。

　　編劇不會徹底改變角色的九型人格類型。這在現實生活中不會發生，所以編劇也不應該讓它發生在自己的劇本裡。沒有人會從一個以成功為導向的類型三變成一個不喜歡出風頭的類型九的人。人們保持著九型人格中相同的類型，但是他們有機會變成這個類型中健康一點的版本。

　　很明顯的一點——內心戲可以用在轉變型的其他類型當中，比如退化型和不變型。在一個退化型的故事中，角色開始時是九型人格的某種類型相對健康的版本，然後退化成不健康的版本。而在不變型的故事中，角色開始時是相對健康的版本，然後抗拒，墮落成不健康的版本。

　　因此，應用九型人格來構建劇本的內心戲，可以幫助編劇讓自己的角色有重大進化，但仍然讓人信服。

　　總之，九型人格為編劇提供了一種極好的工具，可以用來

塑造一個連貫、可信的角色以及構思一個感人的內心戲。順便說一句，這也是認識自己的一個有趣的方法，這也有可能使自己成為一個更好的人。

單元練習 觀看《黑道家族》、《怪醫豪斯》，列出進化型和退化型特徵

觀看《黑道家族》（*The Sopranos*）和《怪醫豪斯》（*House*）影集。這兩部電視影集會在後面有關電視的章節討論，這裡需要注意的重點是，這兩部影集結構相似，但是故事完全不同。兩部影集的主角都有一個缺陷，隨著劇情的發展主角可能變好也可能變壞。這是它們的相似之處，但不同之處是巨大的。

東尼·索波諾是一個類型八的人：挑戰型。他強大獨裁、自信果斷、倔強，喜歡反抗。格瑞利·豪斯是類型五的人：調查型。他緊張理性，有洞察力，有創見，隱祕而孤獨。他們都是他們所屬類型的典型例子，兩部影集的製作人很可能在創作時參照了九型人格。

閱讀九型人格協會網站上對類型八和類型五的簡述，以這兩部影集為例，列出進化型和退化型的特徵。

第六章

神話型：
透過外部戲象徵內心戲

另一種電影類型是神話型。

這類電影提供了觀眾喜歡的其他類型的故事，神話型電影處理內心戲的方式和轉變型電影有很大不同。

在轉變型劇本中，內心戲是「直接」呈現給觀眾的：觀眾看到主角在經歷外部戲的同時經歷著內心戲，無論是進化、退化、不變，還是它們的組合。

神話型的方式很不一樣。你只會看到主角經歷外部戲，而這個外部戲「象徵」了內心戲。如果這麼說會讓你感到困惑，別著急，我們舉的例子會解釋清楚。

編劇不能僅僅寫一個沒有轉變的故事就說它是神話型。有幾種「特別」的神話型故事的象徵意義可以令觀眾產生共鳴。其中第一種以及它的變形可以象徵我們已經研究過的轉變型。

怪物型——代表人性的內在缺陷

怪物故事已經流行了幾個世紀。為什麼這種類型會歷久不衰呢？首先，怪物就是主角或者社區面對的某種危險。怪物在電影《貝武夫：北海的詛咒》（*Beowulf*）中是威脅著村莊的巨人格蘭德爾。在第一部詹姆士·龐德電影《第七號情報員》（*Dr. No*）裡，世界受到一個超級壞蛋的威脅。這個怪物可以是一個真正的怪物，就像電影《異形》中的外星人一樣；一個怪異的動物，就像《大白鯊》（*Jaws*）中的鯊魚；也可以是個怪人，就像葛倫·克羅斯在電影《致命的吸引力》（*Fatal Attraction*）中飾演的角色；或者是像電影《300壯士：斯巴達的逆襲》裡的波斯人；甚至可以是威脅主角或者人類的一種疾病或者一場災難。

在怪物故事中，主角與一個似乎是不可戰勝的怪物鬥爭，他屢戰屢敗，看起來根本沒有希望取得最終的勝利。但是，到了最後，在付出了超凡的努力後，主角成功打敗了怪物並且在某些方面「殺死」了它。這並不一定是指真的殺死，也可能是在一定程度上使之失去效力。

這樣的奇幻故事屢試不爽，它們已經流行了很長時間，但是觀眾趨之若鶩。不過通常這些故事塑造的主角只經歷一丁點或者根本沒有經歷內心戲。那麼，前面說的理論是一個劇本成功與否取決於內心戲，我們如何自圓其說呢？

其實是這樣的：在怪物故事中，外部戲「象徵」了內心戲。怪物象徵著主角必須克服的人性缺陷。殺死怪物就意味著主角克服了內在缺陷進化了。

那麼這個怪物究竟代表著什麼內在缺陷呢？至少有三個理論可以進行說明。

理論1. 在《七個基本情節》（The Seven Basic Plots）一書中，作者克里斯多夫‧布克（Christopher Booker）斷言，怪物總是象徵著人類的自私自利。通過打敗怪物，主角克服了存在於每個人內心的自私自利，象徵性地實現進化。

重要的是，故事中的怪物一定是非常可怕的。寫一個怪物故事劇本並不是尋找一種簡單的辦法來規避內心戲。例如，如果劇本中要打敗的是一場體育賽事中的一個對手，那麼這個怪物根本不夠厲害，你必須讓你的怪物夠分量。

在電影《洛基》（Rocky）中，洛奇的對手阿波羅是一個滿嘴髒話的傢伙，但絕不是一個怪物，因此電影的成功是因為洛奇的進化。在續集《洛基第三集》（Rocky III）和《洛基4：天下無敵》（Rocky IV）中，洛奇的對手克拉博和伊萬是十足的怪物，因為前者殺死了洛奇的教練，後者殺死了阿波羅（讓怪物殺死一個觀眾深愛的角色能加劇它的怪物效果）。因此，這兩部電影才是真正的怪物電影。確保你的怪物是非常壞的，它們威脅的人越多，威脅越大，帶來的效果越好。

如果怪物的威脅並沒有迫在眉睫，那你的故事是很難吸引人的。在由摩根・費里曼和麥特・戴蒙主演的電影《打不倒的勇者》（Invictus）中，由摩根・費里曼飾演的主角納遜・曼德拉和麥特・戴蒙飾演的橄欖球運動員沒有進化，電影只不過看起來像是一部怪物電影。如果南非的國家橄欖球隊可以在1995年世界盃橄欖球賽中取得勝利，就可以凝聚國人，「殺死」種族隔離這個怪物。但是，在當時種族隔離是有些抽象的怪物，另外，贏得一場重要的橄欖球賽就能消除它似乎難以令人信服。這部電影的製作預算是6000萬美元，但美國本土票房只有3700萬美元。

　　理論2. 在故事設定裡的怪物象徵著一個更具體的人性缺點。例如，在電影《大白鯊》中，小鎮沒有關閉海灘，而導致鯊魚開始吃掉游泳者的原因是貪婪：他們知道應該關閉海灘，但是他們不希望因為遊客減少而少賺錢。按這個理論，鯊魚是人類貪婪的象徵。儘管事實上，一旦主角開始與鯊魚在水中激烈搏鬥，鯊魚象徵貪婪的感覺就會馬上消失。

　　很多電影裡都有類似的台詞，其中一個腐敗的男人說道：「我是美國參議員！」這可以視為濫用權力的人性缺點。

　　理論3. 對某些電影來說非常有用，這條理論是怪物對於主角而言不尋常、更特別。在電影《即刻救援》（Taken）中，布

萊恩‧米爾斯（連恩‧尼遜飾）為了救出自己的女兒，和一幫東歐歹徒以及一名阿拉伯酋長搏鬥。布萊恩的女兒被綁架並染上毒癮，並且被賣為性奴。按照第二條理論，這些可怕的惡棍代表社會上存在的對婦女的虐待。

　　但是在電影裡，米爾斯一直想要彌補年輕時嚴苛的CIA超級特務生涯對家庭的忽視。根據第三條理論，可怕的人口販賣集團可以象徵為因為他對女兒缺少父愛導致了傷害。畢竟，被忽視的女兒會墮入危險、放縱的生活方式，而賣淫可以視為這種生活方式的誇張形式。

　　無論哪一條理論，主角與怪物的鬥爭「象徵」著他與自己的內在缺陷做鬥爭，他最後打敗怪物取得勝利象徵著他的進化，如果是他被打敗就象徵著退化。

　　後一種情形發生在電影《險路勿近》（*No Country for Old Men*）中。羅倫‧摩斯（喬許‧布洛林飾）在一個毒品交易火拼現場發現一大筆錢，並打算占為己有。安東‧奇哥（哈維爾‧巴登飾）是一個冷血無情的殺人機器，他受雇追回這筆錢。從此，摩斯就被怪物安東‧奇哥追殺。純粹為了活下去，摩斯竭盡全力要打敗奇哥。

　　為了保持科恩兄弟（Joel Coen 和 Ethan Coen）的風格，摩斯最後沒有成功而是死了。奇怪的是，摩斯並不是被怪物奇哥殺死，而是被一些觀眾根本不知道的無名混混殺死，而且，這

場戲根本就沒有呈現出來。這對一部怪物故事電影來說是很不尋常的，或許這可以解釋為什麼這部電影儘管獲得了四項奧斯卡獎，包括最佳影片和最佳改編劇本獎，但在票房上在美國本土收入僅有7500萬美元。

當你寫一個怪物故事劇本時，最好是讓這個故事直接呈現出來，不要給觀眾不必要的資訊。在電影《合法入侵》（Lakeview Terrace）中，山繆・傑克森扮演了一個有心理問題的警察，他威脅隔壁一對跨種族結婚的夫婦搬離社區，這對夫婦在忍無可忍之下走上反擊之路。這是一個前景頗好的怪物設定，但是電影卻畫蛇添足地告訴我們，那個丈夫也不是什麼好東西，傑克森的變態也是有原因的。這就減弱了電影的衝突——如果我們知道那條鯊魚有一段悲慘的童年，真的會對電影《大白鯊》有所幫助嗎？

怪物類型的變型：好怪物

怪物類電影的變型，如《科學怪人》（Frankenstein）、《金剛》（King Kong），它們開始都是標準形式——出現了一個醜陋、可怕的怪物，給人類社會造成了大混亂。但是隨著電影的講述，觀眾瞭解到這個怪物也不是那麼壞。事實上，它看起來是比多數人，甚至比實際要殺掉它的人更好。

我把這種怪物稱為「好怪物」。

例如，在電影《金剛》中，金剛被邪惡的獵人和馬戲團經理剝削，他們把這隻大猩猩從島上抓走。金剛愛上了美麗的安·黛洛，並保護她不受島上的恐龍的襲擊。牠一直保護她到最後一刻，直到牠中彈從帝國大廈上墜落而死。簡單地說，金剛其實不是可怕的怪物，事實上，牠是很體貼的。

這種突然變化似乎搞亂了內心戲的象徵性。不要這麼悲觀，因為怪物不再前後一致地象徵一個內在缺陷，所以觀眾會下意識地重新建構一個合理的內心戲。這麼做，並不是每次都會成功。《金剛》最新版的在美國本土總收入是2000多萬美元，但是預算卻也超過了2000萬美元，實際上這並不是一部很成功的商業片。

怪物類型的變型：逃離型

考慮到怪物故事的象徵意義，避免常見的錯誤是重要的。其中之一是誤用了我稱為逃離型的故事，這是一種通常不成功的故事形式。最近的例子就是電影《世界大戰》（*War of the Worlds*）、《破·天·慌》（*The Happening*）和《2012》。

在電影《世界大戰》中，雷·費瑞爾（湯姆·克魯斯飾）為了逃離一場強大的外星人入侵不停地逃跑。的確，軍隊想要幹掉外星人和它們的致命武器是徒勞無功的。但是，費瑞爾根本就沒有戰鬥——他只是逃跑了。

這不是批評這個虛構的角色，因為在現實生活裡，如果你真的遭遇到技術先進的外星人的入侵，我當然建議你要快逃。但是，在象徵意義上這麼做是行不通的：你不能通過逃離來克服你的內在缺陷。無論你跑到天涯海角，你的內在缺陷都和你如影隨形。在一個怪物電影裡，角色可以在開始時嘗試逃跑，但是他必須最終認識到逃跑是不起作用的，到最後，他必須轉變態度去殺死怪物。

這就是《決鬥》（*Duel*）中發生的情形，這是導演史蒂芬・史匹柏（Steven Spielberg）的一部突破性的電視電影。戴維・曼（丹尼斯・威佛飾）是一個司機，他被一個身分不明的卡車司機開車窮追不捨，受盡折磨。曼在電影的大部分時間裡都在設法躲開那輛卡車，但是最後，當他意識到他逃無可逃時，他轉而反擊並終於摧毀了折磨他的東西。

還記得在電影《駭客任務》（*The Matrix*）中的轉捩點嗎？人類必須不斷從那些超級特務手裡逃離出來，但是在電影的高潮，尼歐（基努・李維飾）卻轉而奮起對抗特務史密斯（雨果・威明飾）。他已經認知到他必須殺死這個怪物，莫菲斯（勞倫斯・費許朋飾）對尼歐的這個認知評價說：「他開始相信了。」最後，尼歐殺死了這個怪物，把人類從「母體平台」之中救了出來。

作為對比，在電影《世界大戰》中，外星人最後因為地球上的細菌敗下陣來。因此，最後的象徵意義就是類似於「如果

你逃避自己的內在缺陷，你可能會走運，而內在缺陷可能自己就消除了」。這就不如「如果你盡力去和你的內在缺陷鬥爭，你一定能打敗它」這麼鼓舞人心。

電影《破・天・慌》有同樣的問題。艾略特・摩爾（馬克・華伯格飾）在電影裡一直在逃避另一種怪物，這一次是一種通過空氣傳播的疾病，這種病會導致人類自殺。他和一些其他人就開始了逃亡，他們一直跑啊跑啊……最後這種疾病卻自己消失了。他們終於跑贏了怪物。所以，這部電影的象徵意義（你能夠通過逃跑來逃離你的內在缺陷）並不能令人滿意。

最後，來看一下電影《2012》——這部片子更是具有同樣的問題。電影人物傑克遜・克魯斯特（約翰・庫薩克飾）意外地發現了一場即將發生的災難——中微子正在引起地球溫度升高，然後會融化我們賴以生存的地殼。他設法用一輛轎車載著全家人逃離這場大災難，並且想要偷偷登上一艘大船，這是一艘全世界政府建造的只拯救少數被選中的人的巨大方舟。

在這部電影裡，同樣的，怪物最後也是自己跑了。融化引起的巨大地震和海嘯造成了破壞，而倖存者只需要在方舟裡等上幾年直到海水消退。這又傳遞了一個令人不滿意的象徵意義：「只要躲避你的內在缺陷足夠長的時間——儘管它會造成許多破壞，但是最終會有別人來拯救你。」

這類象徵主義的問題就是，為什麼同樣採用了逃離型故事的電影《厄夜叢林》（*The Blair Witch Project*）卻能成功呢？而

且還成了史上最成功的低成本電影。電影中有一組穿越森林的紀錄片，展示了人們想要穿過那片森林來探索女巫布雷爾的怪事，但是發現他們被一個相似的邪靈跟蹤。他們想要逃跑，但是無論怎麼樣都逃離不了那片森林，最後他們全部被捉到並被殺死。這一次，逃離型的象徵意義實際上起了作用：

如果你只是想從你的內在缺陷逃離，你是逃不掉的，最終，它們會毀掉你自己。

在電影《科洛弗檔案》（*Cloverfield*）中也是如此。一群二十幾歲的人想要逃離一個巨大的可怕的怪物，這個怪物正在瘋狂破壞曼哈頓。和《厄夜叢林》一樣，整部電影也是看起來像是某個人用錄影機剛好拍到的一樣。在最後，也與《厄夜叢林》一樣，他們都被怪物殺死了。

《科洛弗檔案》也是一個票房成功的片子，它以大約2500萬美元的製作預算賺取超過8000萬美元的票房（全球票房1.7億美元）。所以逃離型也是可以成功的，但是需要編劇遵守這種類型的象徵意義，並且最後讓怪物殺死主角。

怪物故事的變型：錯殺怪物

《第六感追緝令》（*Basic Instinct*）是怪物型電影的另一種

變體。莎朗・史東扮演了一個性感、殘忍的「怪物」凱薩琳・特拉梅兒，她被警察尼克・柯倫跟蹤。但是尼克陷入凱薩琳的詭計中，以為曾經與他偶然發生關係的警局心理學家貝絲（珍妮・翠柏虹飾）是凶手，然後尼克射殺了貝絲。換句話說，尼克殺錯了怪物。

在最後一幕，尼克和凱薩琳躺在床上，我們可以看到她的冰鑽仍在下面的地板上。這似乎暗示我們的男主角也是難以倖免的。這就恰當的象徵著——如果你沒有解決你的真正的內在問題，而是解決了你認為你已經解決的另一個問題（但是你沒有），那麼你是不會變得更好的。這就是怪物型故事的另一種頗為吸引人的變種——殺錯怪物。

另一個相似的例子是電影《神祕河流》（*Mystic River*）。吉米・馬庫（西恩・潘飾）相信他的女兒被他兒時的夥伴戴夫・博伊爾（提姆・羅賓斯飾）謀殺，所以他就殺掉了戴夫作為報復。但是後來，馬庫發現殺害他女兒的另有其人。他錯殺了「怪物」。當電影結束時，我們確信馬庫因為他的所作所為陷入了更大的麻煩。

怪物故事的變型：被怪物所殺

怪物故事的最後一個變型是一個效果不太好的類型。在電影《行動代號：華爾奇麗雅》（*Valkyrie*）中，湯姆・克魯斯扮

演上校史陶芬柏格，他是一名德國軍官，密謀想要刺殺阿道夫·希特勒，把德國從納粹政權中拯救出來。

他們幾個密謀者最後確實實施了一場爆炸，但不幸的是希特勒並沒有死。最後，所有的人都被處死，史陶芬柏格也被一隊士兵槍殺。

《行動代號：華爾奇麗雅》的國內票房總收入僅僅超出它的製作預算一點，主要是因為這是一個怪物故事。史陶芬柏格盡最大努力去殺死怪物（希特勒），但是最後，卻是怪物殺了他。所以這個不幸的象徵意義是，你可以和你的內在缺陷鬥爭，但是有時候你的內在缺陷實在太強壯了，你沒有打敗它反而讓它打敗了你。這並不是很鼓舞人心，同時票房也不是很賺錢。

◎

怪物型和它的變種與進化／退化型非常接近。但是在神話型裡還有一些其他不同的類型。接下來我們來研究神話型的內心戲，它們象徵的故事和進化型、退化性不一樣。

灰姑娘型──從孩童蛻變為大人

第一種類型就是灰姑娘型。灰姑娘型故事象徵的並不是克服一個內在缺陷，而是指其他的意涵──從孩子成長為大人的普遍經歷。

在一個灰姑娘故事中，主角的出場有時候確實是一個孩子，但更多時候是一個像孩子一樣的人，窮困抑或處於不太好的環境中，缺乏成年人的品質。他或她的內在缺陷最多是被壓制，被一些成年角色——就像所有的孩子感到被他們的父母壓制——同時還有一些受寵愛的同儕壓制，這些同儕代表了有特權的兄弟姐妹。隨著故事的發展，他或她逐漸成長了——通常是在一個支持他的成年人的幫助下（神仙教母）——並且最後克服了父母或手足的壓制完全成熟，與其說主角進化了，倒不如說他是最後徹底解放了，展現出了從開始就隱藏在內心的美好品質。象徵主角已經成長為獨立的成年人。

當然，灰姑娘的一種形式就是各種各樣版本的灰姑娘童話故事，以及書籍和電影，例如《烈愛風雲》（Great Expectations）中呈現出來的那樣。

但是，這種故事有時候也會在一些意想不到的地方出現。

例如，電影《神鬼認證》（The Bourne Identity）。在電影的開始，傑森‧包恩（麥特‧戴蒙飾）被捕魚的人從海上救起，他這時的狀態從各方面看就像一個嬰兒，連他自己都無法照顧。他想不起來自己是誰，但是他的CIA老闆在尋找他，想要控制他，最後還讓他的殺手好兄弟（就像灰姑娘裡邪惡的同父異母的姐姐）殺掉他。在整部電影裡，包恩也展現了他的超凡能力，並且最終打敗了老闆和兄弟對他的壓制，成為世界上最危險的殺手。誰能知道一個男孩版的灰姑娘的故事會這麼刺

激有趣呢？

或者，再看看電影《騎士風雲錄》（*A Knight's Tale*）。希斯・萊傑扮演的威廉・柴契爾是一個平民，他假扮高貴的騎士烏爾里奇・馮・利希滕斯坦爵士，以便能參加騎士長槍比武。他與包括傑佛瑞・喬塞等朋友們環遊英國，參加了一場又一場比賽。

身為一個平民並不是內在缺陷，所以《騎士風雲錄》並不是一個進化型故事。在電影的結尾，威廉成了騎士長槍比賽的冠軍和一個真正的騎士，這個灰姑娘故事就結束了——他變成了自己原先已有潛質成為的人。他早就具有能力成為一個合格的騎士；而剩下需要做的就是把這個潛能激發出來罷了。

電影《騎士風雲錄》和灰姑娘故事有著非常有趣的相似點。有一次，威廉的主要對手康特發現了威廉的卑微出身，他告發了威廉，威廉被抓了起來，關進了監獄。想看好戲的市民都用爛菜葉扔他。他的處境看起來沒指望了。

但是他得救了。誰救了他？是英俊的王子。在前面的故事中，威廉已經給王子留下了一個好印象。當時王子掩飾身分參加比賽，但是其他的騎士發現王子是皇族都放棄了與他比武，是威廉與他比武。作為回報，愛德華王子釋放了威廉，並封他為威廉爵士。威廉重新回到了賽場，打敗康特成為冠軍，同時也贏得了美人芳心。因為那位英俊王子的介入——他在影片中扮演神仙教母——威廉之後過著幸福的生活。童話故事的呈現

有時是不平常的。

另外，更近一些的例子是電影《攻其不備》（*The Blind Side*）。

珊卓‧布拉克因為扮演該片的主要角色獲得了奧斯卡最佳女主角獎，在劇中她是一個住在孟菲斯市郊區的家庭婦女，她收養了麥可，一個無家可歸的黑人少年。電影開始，麥可是一個頗受傷害的小孩——性格孤僻，缺少關愛，學業和生活都一團糟。

在電影的結尾，他學業有成，頗具體育天賦，進入大學，成了一個優秀的橄欖球明星，過上了快樂的生活。珊卓‧布拉克扮演他的「神仙教母」，獲得了奧斯卡金像獎。

值得注意的是，片名中有「灰姑娘」三個字的並不一定就是一個灰姑娘型的故事。由羅素‧克洛主演的電影《最後一擊》（*Cinderella Man*）講述了經濟大蕭條時期一名拳擊手的故事。他在經濟大蕭條時期為了家庭重操舊業，並且贏得了重量級拳王稱號。

拳擊故事非常好，但是這部電影的票房卻不是太好，在8800萬美元左右的製作預算下，美國本土總收入為6100萬美元。觀眾期待一個「灰姑娘」型故事，卻得到了一個虛弱的怪物型故事，拳擊對手麥克斯‧拜爾是一個不怎麼可怕的「怪物」。

另一個教訓則是：片名也是很重要的。

福爾摩斯型──主角如同偵探一般

第二個將要研究的神話型是偵探故事或者神祕故事──福爾摩斯型。

這個類型和它的字面意思是一模一樣的──主角遭遇了一個他想要解決的神祕事件，這是一個在電視影集中比較常見的元素──如今稱為探案故事──在這樣的作品裡，觀眾跟隨著偵探一步一步揭開謎底。

是什麼令福爾摩斯型成為使人滿意的神話型故事？我們發現神祕事件有危險是因為它們提出這樣的問題，世界是否可以在理性的控制下運轉？偵探通過揭開謎底再次重申理性的首要地位，世界因為理智而秩序井然。

象徵主義的一個完美的例子就是電視影集《數字搜查線》（*Numb3rs*），劇中每一起神祕事件都是被一位超級理性的教授用數學方法破解的。

重點如下。首先，既然叫做福爾摩斯型，我想要強調的是，神祕事件只對觀眾神祕是不夠的，它對於主角也必須是神祕事件，他不得不去解開這個謎。

電影《七生有幸》（*Seven Pounds*），就是一個「不正確神祕事件」的例子。

威爾・史密斯扮演蒂姆・湯瑪斯，這個角色一直在做一些觀眾無法理解（也不應理解）的事情──暗中觀察人們，和人

們見面，買水母。觀眾可能會好奇他是誰，他在幹什麼，但是銀幕上卻沒有一個角色意識到這個神祕事件，以及嘗試去揭開它。蒂姆當然知道自己在幹什麼，但是他也沒說。最後，他為了把他的器官捐獻給值得的人自殺了，彌補他曾經在一次車禍中害死的妻子和另外幾個人。

　　所以這不是一個福爾摩斯型故事，這部電影的問題是它也不是任何別的類型。到最後，電影可能是一個不變型故事，但是因為所有的事情都很不可思議，觀眾不知道蒂姆的問題是什麼，或者他要怎樣去退化，所以無法真正起作用。理性的重要性在福爾摩斯型劇本裡通常都是由主角彰顯，電視影集《數字搜查線》中的數學教授就是如此。這可能就是為什麼有關於運用通靈或者中介物來解決問題的電影，總是讓人看得不那麼過癮——用一些不是很有邏輯的方法解決問題就無法完全表現潛在的象徵意義。另一方面，在電視影集《靈異妙探》（*Psych*）中，一個觀察入微的偵探假裝可以通靈來偵破案件；而在電視影集《超感應神探》（*The Mentalis*）中，一個曾經假裝通靈的偵探一邊偵破案件一邊嘲笑那些宣稱具有通靈能力的人。這些例子都很好地吻合了福爾摩斯類型的特點。

　　需要注意的是，福爾摩斯型經常會轉變為怪物型。很少有單純解決一個神祕事件的劇本會令人滿意。舉一個常見的例子，當一個偵探調查一件謀殺案時，僅僅弄清楚凶手是誰他是不會滿意的。當然，這樣的故事會發展成為抓捕凶手——怪

物——要麼就真的幹掉他，要不就判其有罪，而後者也即隱喻為幹掉了他。這是非常常見的模式。

綠野仙蹤型——脫離正常世界

接下來我們要討論的第三種神話型是綠野仙蹤型。在這種類型的故事中，主角開始時生活在「正常」世界中。然後，在他身上發生了一些事，使他陷入了一個完全不同、完全陌生的世界，遇到了和他曾在「正常」世界所面對的，完全不同的挑戰。在解決了這些挑戰之後，他最後重新回到了原來的「正常」世界。

這種類型的古典版本當然就是電影《綠野仙蹤》（*The Wizard of Oz*）。一陣龍捲風把小姑娘桃樂絲（茱蒂・嘉蘭飾）從只有黑白色彩的堪薩斯州帶到了五彩斑斕的奧茲仙境，降落時她壓死了一個邪惡的東方女巫。桃樂絲和稻草人、鐵皮人以及那頭膽小的獅子一起，和飛猴大戰，環遊奧茲仙境，最後殺死了邪惡的西方女巫。她幫助夥伴們見到了奧茲男巫，卻發現他是一個冒牌貨。最後，她通過讓自己的腳後跟一起哢嗒哢嗒作響回到了自己的家。

綠野仙蹤其實是一種相當常見的劇本形式。想一想著名的電影《飛進未來》（*Big*）。喬許開始時是一個12歲的矮小鄉下男孩，神奇地變成了一個成年人（湯姆・漢克飾）。當他發現

自己需要一份工作時，他就混入了附近曼哈頓的成人世界，成了一家玩具公司的經理，在那裡他不得不應付公司政治和兩性吸引。在成人世界成功體驗之後，他倒轉了最初的魔法，重新回到了自己的童年，回到了家，回到了母親的懷抱。

這類電影的共同元素是什麼？為什麼這類電影會引起觀眾的共鳴呢？

最初，主角的生活失去了平衡，他或她常常表現出對現狀不滿，並且進一步把這種狀況歸咎於某個外部原因。桃樂絲覺得堪薩斯非常無聊，於是整天做白日夢，甚至唱歌都唱著自己要是能離開這裡，飛躍到彩虹的那頭生活該有多好。喬許因為自己太矮了搆不著遊樂場的旋轉木馬而失望，他希望自己能夠變「大」，生活變得更加美好。他們都出乎意料地如願以償了——桃樂絲穿越到了奧茲仙境，而喬許在第二天醒來時已經長成為一個大人。

當到達一個新的陌生世界之後，主角們失望地發現他們並沒有來到天堂。他們仍然面對挑戰，這些挑戰是他們在現實世界從來都不會遇到的。他們意識到，困難並不是因為自己所處的環境，而是人的生活中無法避免的一部分。在新的世界裡，他們會遇到一些仍然有這樣那樣問題的人——桃樂絲遇到的缺少勇氣的獅子、沒有心的鐵皮人和想擁有腦子的稻草人，而喬許則是遇到了生活中也有困難的同事蘇珊（伊莉莎白‧帕金斯飾）。

當他們盡力在新世界生存下去，並成功之時——桃樂絲殺死了邪惡的女巫，幫助她的夥伴進化；喬許作為一個玩具測試員給老闆留下了深刻的印象，並且和蘇珊相處得非常好——他們發現自己卻極度想要回家。

他們為此做出了很大的努力，成功地返回了自己的世界。觀眾也可以感覺到他們的生活會因為這次冒險而變得更好：桃樂絲明確領悟到「沒有什麼地方能和家相比」，我們也可以想見喬許在經歷了成人世界之後會在自己的少年時期過得更好。

所以，為什麼綠野仙蹤型的電影能引起觀眾如此強烈的共鳴呢？那是因為，這種類型的電影回應了這個啟示：生活沒有捷徑可走。

桃樂絲和喬許都相信外部環境的改變會讓他們擁有完美的生活。桃樂絲想到彩虹的那頭，喬許想要長大。他們兩個都認為如果他們的環境不同，他們的生活就會很理想。

因此，奧茲仙境象徵著我們的錯覺：如果有什麼事情不一樣，如果我們可以更成熟，或者更有錢，或者別的什麼地方……我們的生活就會變得如田園詩歌般美好。

綠野仙蹤型代表1：《醉後大丈夫》

最近的一部綠野仙蹤型電影是頗受歡迎的喜劇片《醉後大丈夫》（*The Hangover*）。四個男人，包括一個準新郎，一起去

拉斯維加斯開單身派對。和《綠野仙蹤》、《飛進未來》不同的是，這幾個人並不想在拉斯維加斯長久地待下去，但是他們覺得如果他們能到那裡——美國現代版的奧茲仙境，在那裡可以打破社會的普通規則——那麼他們將會過一段在家鄉永遠都體驗不到的美好的生活。

但是，和桃樂絲與喬許一樣，他們發現事情並不是一帆風順的。相反地，他們發現自己要應付沒完沒了的麻煩，包括健忘症、一隻老虎、亞洲劫匪和麥克·泰森。他們弄丟了新郎，在回家之前他們必須找到他。他們竭盡全力逃離拉斯維加斯，最後終於成功了。他們回到自己正常的世界過回正常的生活（當然是在最後一幕），觀眾也可以感受到他們在經歷過這些之後會生活得更好。

綠野仙蹤型代表2：《浩劫重生》

可能綠野仙蹤型的最純粹的例子就是20世紀70年代末80年代初拍攝的電視影集《奇幻島》（*Fantasy Island*）。每週都會有幾位客人離開他們的乏味生活來到洛拉克先生的島上，他們都相信，只要他們能變得更年輕、更漂亮或者更出名，他們就能體驗到相當大的快樂，至少是臨時性的。他們都如願以償發生了變化，但是事情卻從沒有按他們預期的那樣發展，在回到原來的生活之前，他們學到了寶貴的一課——就像電視主角常演

的那樣。

說到島嶼，讓我們來看一部只有幾方面符合這個類型、並不是完全的綠野仙蹤型的電影：《浩劫重生》（*Cast Away*）。查克·諾倫（湯姆·漢克飾）是聯邦快遞公司的效率專家，他的生活和工作都完全以時鐘為指導。在一次去亞洲的出差中，他搭乘的聯邦快遞飛機偏離了航線，在太平洋上墜毀。他被浪沖到了海灘上，成了唯一的倖存者，並且在一個荒島上生活了四年。

因此，我們有了綠野仙蹤型故事中最重要的一個成分：角色從他的正常世界來到了一個完全不同的世界。但是缺少的是這樣的一個問句——查克從來都沒有說過「要是我不用為了該死的時間操心該多好啊」，或者類似的話。事實上，他似乎對自己以時間控制的生活非常適應而且非常快樂。他和他的未婚妻（海倫·杭特飾）不得不相互對照各自的行程表，想要找出彼此都空閒的時間，但是二人都沒有對此有任何的抱怨。

另一個和古典的綠野仙蹤型故事不符合的是，當他被困在島上的時候，時間的難題和所強調的差別並無關係。記得喬許在《飛進未來》中的問題是他缺乏成為大人的經驗。但是查克在《浩劫重生》中遭遇的問題絕對不是來自時鐘沒作用了——任何一個習慣了現代生活的人在荒野求生都會碰到困難。因此這個故事並不是沿著綠野仙蹤型的道路發展——它並不是關於一個人希望生活得到改變，而這個變化突然又給他新的困難。

相反地，它處理的是像《聖經》裡的約伯（Job）生存並戰勝問題的能力。

因為查克不僅僅遭遇了飛機失事，當他終於離開荒島重返文明之後，他的葬禮早就已經舉行過了，而他的未婚妻也已經嫁給了他的牙醫。查克以這樣的口吻總結了這個故事，他說，儘管生活不幸，但他仍然要繼續活下去。

因此，《浩劫重生》並沒有要求外部環境的改變。它的劇情確實是穿越到一個陌生世界、在那裡遇到了新問題，以及冒險回到原來世界。但是因為它最初沒有要求改變，所以它不能象徵我們不能躲避內在缺陷的一課。或許它可以給我們上一課的是，我們能克服生活拋給我們的一切。但是，這是和古典的綠野仙蹤型完全不同的。

睡美人型——讓角色再一次復甦

最後一種神話類型是睡美人型。它的範例就是同名的童話故事。

我們都記得這個故事：一位年輕漂亮的公主被邪惡的巫婆詛咒，這個女巫因為公主的受洗儀式沒有邀請她而被惹怒。公主被毒針刺破了手指，然後陷入了一場無法喚醒的沉睡之中。她睡了100年，就像死了一樣，直到一位英俊的王子發現了她，吻了她，然後將她喚醒，從此過上了幸福的生活。

同樣的劇情在電影《美女與野獸》（*Beauty and the Beast*）中上演，只是角色的性別對調了。野獸一開始是一位英俊的王子，但是一個被王子冒犯的女妖把王子變成了可怕的怪獸。他整天待在自己的城堡中，過著與世隔絕的生活。

　　直到有一天，貝兒出現了。電影的最後，野獸被邪惡的加斯頓襲擊並且受到致命傷害，臨死之前貝兒向他表達了愛意。於是詛咒被打破了，野獸起死回生，並且變回了原來那位英俊的王子。

　　這就是睡美人故事的本質：一個角色因為生活中缺少愛而如同行屍走肉。同樣，能讓角色重新生活所需的也是——愛。在成年人的影片中是不是也有這樣的例子呢？那就讓我們來看看史上最著名的電影之一《北非諜影》怎麼樣？

　　在電影開始時，由亨弗萊・鮑嘉扮演的李克就是一個因愛情失意而心如死灰的人，只是像行屍走肉一樣活著，小心翼翼地避開親密關係和政治傾向的問題。直到他曾經失去的情人伊爾莎（英格麗・褒曼飾）走進了他的酒吧，世界上有那麼多酒吧，她偏偏走進了李克這家。當伊爾莎對他表達自己的愛意時，李克的心重新復活了，就好像野獸通過貝兒復活一樣。他從自己所謂的無道德感中走出來，無私地幫助伊爾莎的丈夫逃離了納粹之手，也強迫伊爾莎一同離開，自己卻再次留下來對付壞人。

　　愛真的讓他起死回生了。這就是睡美人型，觀眾真的喜歡

這樣的故事。

追求型──追逐單一目標

再介紹一種，但並不是真正的神話型。但是有時候許多編劇會認為它是屬於神話型的一種：追求。

追求型並不是真正的神話型。這類型的電影僅僅是一個角色想去做一些事情。所以，除非它是以上概述的真正的神話型故事之一，否則它就只是一個需要附加轉變型故事的外部戲。

一個人想要得到一個博士學位？這是外部戲。一個女孩想要獲得大學獎學金？還是外部戲。當然，你可以稱它們為追求，但是一個劇本的主角終歸是要完成一些事。所以，除非它是一個具體的神話型，否則它就只能被稱為外部戲。除非編劇給它附加一個轉變型的內心戲，否則它無法引起觀眾的興趣。

◎

以上這些就是所有的神話型。總的說來，我會這樣總結──如果說轉變型內心戲是一個劇本的骨骼，那麼神話型也是一架骨骼，但它是架在外面的骨骼，就像昆蟲的骨骼一樣。它是支撐在外面的，你可以看得見，但它同樣塑造了劇本的形態，支撐劇本。它代替了轉變型骨骼。

轉變型vs.神話型的綜合體

既然我們已經介紹了轉變型和神話型這兩種故事，那麼我們就應該注意這兩種類型常常在一個劇本中組合出現。在一個神話型故事的過程中，角色可以同時克服一個內在缺陷，成為轉變型和神話型的混合型。事實上這種類型是很常見的，但是編劇需要花點心思讓轉變型和神話型故事協調並存。

《經典老爺車》（*Gran Torino*）在這方面做得很到位。克林·伊斯威特扮演的華特·寇華斯基是一個壞脾氣的鰥夫，他發現鄰居已經變成了少數族裔。寇華斯基性格孤僻，他與此事毫不相關，但是煩心事衝著他的善良鄰居和威脅他們的亞洲黑幫而來。

因此，寇華斯基不得不進化到能夠殺掉怪物。他必須學著放下他的自我保護，這使他能和鄰居更加親近，尤其是那個想為遭歹徒強暴的妹妹報仇的男孩。當寇華斯基讓自己去關心他們時，他就準備好要付諸行動了。他的計畫是引誘那夥壞人在目擊者面前對他開槍，這樣就能把他們投進監獄，再也不能威脅鄰居。他的進化合乎邏輯地引向殺死「怪物」。

另一種組合出現在電影《費城》（*Philadelphia*）中。湯姆·漢克扮演的安德魯·貝克特讓他獲得了他的演藝生涯中第一個奧斯卡最佳男演員獎。安德魯是一名律師，卻因為感染了愛滋病被事務所辭退，找到另一名律師喬·米勒（丹佐·華盛

頓飾）來幫他打官司。

在這個故事中，進化的並不是貝克特而是米勒。喬·米勒公開表示有恐同症，他並不想接安德魯的案子。在電影裡，他不得不進化，以便幫助他的委託人在法庭上反擊法律事務所代表的「恐同症」的「怪物」。這似乎有點像迴圈。米勒必須通過克服他對恐同症這個內在缺陷實現進化，為了殺死這個「怪物」，米勒接下了象徵著克服對同性戀的恐懼的訴訟。這似乎有點多餘。最好還是遵循《經典老爺車》這樣的模式，其中角色的進化幫助他殺死了不同的怪物。

有時候，兩種神話型故事也有可能結合在一起。一個極佳的例子就是由茱莉亞·羅勃茲和李察·吉爾領銜主演的電影《麻雀變鳳凰》（*Pretty Woman*）。

冷漠的商人愛德華·路易斯（李察·吉爾飾）花錢雇用拜金應召女薇薇安（茱莉亞·羅勃茲飾）陪他一個星期。照例，他們二人墜入愛河，最後走到一起。許多人已經指出薇薇安的故事是一個灰姑娘故事，但是注意到以下這點是有趣的：愛德華從一個沒有情感的金融大亨成了睡美人型故事中神采奕奕、沉浸在愛河的男人。灰姑娘遇到睡美人，結果是巨大的成功。

◎

本書的這個部分介紹了兩大類型的內心戲。接下來，我們將會更加詳細地探討如何建構它們。

為神話型劇本寫劇情提要有所不同。這種劇本並沒有兩類遊戲,只有一個。所以重要的是,清晰地告知劇本中使用的神話型故事。例如,對於怪物故事來說,可以這麼寫:「一位警長、一個捕鯊人,以及一位科學家和一隻巨大的食人鯊一決高下。」。這些元素會立刻告訴觀眾這是一個怪物故事,並且讓他們知道人物會有多難。

請在這場練習中,為電影《致命的吸引力》、《醉後大丈夫》和《北非諜影》寫劇情提要。

第三部

內心戲的編寫與建構

現在我們開始從具體細節來構建劇本，以確保它有一個強大
的內心戲。後面的幾個章節將會幫助你完成真正的作品。

第七章
編寫轉變型內心戲和外部戲

為了編寫一個轉變型的劇本，把前面講述的理論應用於實踐當中是至關重要的。也就是說，內心戲是決定性因素，因此編劇必須把精力集中在內心戲。再重複一遍：

· 堅定不移地關注內心戲是寫出成功劇本的關鍵。

這並不意味著外部戲沒有意義或者無關緊要。它有幾個重要的作用。

首先，外部戲可能是編劇最先想到的東西。畢竟，當你努力構思一部電影的前提時，你更有可能想到以「一個人發現了一條魔力領帶」（外部戲）而不是「一個人必須學會少一點自私」（內心戲）作為你的起點。

當然，你也要記住，外部戲是以兩種方式為內心戲服務的。首先，它為主角克服內在缺陷提供他所必須經歷的事情

（在一個進化型故事中）。

並且，既然你在寫一個劇本，那麼外部戲和內心戲是同等重要的，因為外部戲為觀眾看到內心戲的發生提供了機會。如果一個角色從自私變得慷慨是純粹的內心活動，這種電影很難被人理解。這種改變必須向觀眾表現出來，正如一句俗話所說的：「與其告訴，不如展示」。

因此，你如何構思出內心戲和外部戲，並且確保它們能夠相得益彰？首先，一些基本的術語是有幫助的。多年來，一個劇本通常被分為三幕。第二幕的長度是第一幕和第三幕的兩倍。因此，在一個110頁的劇本中，第一幕有27頁，第二幕55頁，第三幕27頁。亞里斯多德把這些幕更簡單地稱作開始、中間和結尾。

如前所述，如果你著手寫一個轉變型的劇本，你很可能已經為外部戲想到了一個點子。那麼現在你不得不為你的內心戲出主意。假定你正在寫一個進化型的故事（到目前為止最常見的類型），試著弄清楚什麼樣的角色缺陷才能適合你的外部戲。想一想你選擇的外部戲如何能讓主角變得更好，然後為主角設定那種他或她將會克服的缺陷。

第一幕：開始／如何向觀眾介紹你的主角

聚焦在第一幕。首先，你打算如何向觀眾介紹你的主角，

如何說明他的缺陷？他的情感／心理和完美相比不健康在哪裡？這是他的人格最終會改善的那個方面，能給觀眾一個滿意的進化。

　　有時觀眾初次見到主角便會把他設定為他們想看到的進化型。他們想要主角改變，想要他克服自己的缺陷成為更健康的人。

　　用這種方法設定主角的例子是由威爾‧史密斯主演的《全民超人》。漢考克起初給觀眾的印象是一個常常喝醉、無家可歸的超人，他的缺陷通過一個有趣的場景展現出來，當時他試著逮捕罪犯，但在此過程中毀掉了數百萬美元的辦公大樓。儘管如此，觀眾還是喜歡他，因為他搞笑、古怪，因為他是威爾‧史密斯。這部電影毫不費力地讓觀眾希望漢考克能夠進化，能夠改變從而克服掉自身的毛病，然後變成他命中注定的健康超人。

　　但有時觀眾不會這樣想。回到電影《鴻孕當頭》，當我們第一次看到朱諾時，我們喜歡她，但不一定希望她會改變。但是到了電影的最後，我們看過了她是如何進化的，我們為她感到高興，並且意識到這個轉變對她來說是何等的重要。另一個緩慢揭示內部缺陷的例子是《全面啟動》（*Inception*）。在這部電影中，呈現主角計畫搞垮一家公司的外部戲，要比揭示他無法忘掉自己亡妻的心理缺陷早得多。編劇必須考慮何時揭示主角的缺陷才是最有效的。

讓我們和電影《今天暫時停止》（*Groundhog Day*）做一個比較，比爾·莫瑞扮演的菲爾是一個被困在同一天的人，他無休止地重複著同樣的一天。隨著電影的發展，菲爾從一個目中無人、男性主義至上的人變成一個真誠的、關心他人的人。

問題是，在電影的開頭，觀眾覺得菲爾的古怪似乎並不像是一個角色能夠克服的缺陷，他就是一個混蛋。結果是，雖然這部電影有出色的第二幕和第三幕，但啟動內心戲花費了過長的時間。一些觀眾可能覺得菲爾如此不討人喜歡，以至於在內心戲完全進場之前便放棄了。當然，如果他們堅持看下去，菲爾最終的進化會讓他們相當滿意。

回到劇本的構建，繼續第一幕的講解。外部戲以我們通常所稱的「刺激性事件」為開端。刺激性事件引出主角並在電影發展中將其引向進化型。

一旦你已經找出了打算用來改變主角的外部戲，那麼就要想出你打算怎樣向觀眾展示故事的開頭，並且把它包含在你的第一幕中。

第三幕：結尾／主角完成進化，變成更好的人

在第一幕之後，我們先不討論第二幕，而是進入第三幕——劇本的結尾。在一個進化型的故事中，這是主角完成進化、成為一個更健康的人的階段。大多數電影有一個不錯的第

三幕，因為編劇普遍知道他們的電影如何結尾。除非它們是法國影片。

或者他們故意把結尾搞亂。例如電影《口是心非》（*Duplicity*）。茱莉亞‧羅勃茲和克萊夫‧歐文飾演了一對商業間諜。他們精心策劃竊取一個產品配方，賣掉這個配方，他們可以賺到數百萬美元。內心戲是他們二人都是戒心很強的人，雖然都被對方吸引，但是卻不敢讓自己信任對方。

在一次精心策劃的騙局之後，他們得到了配方，在等待出售配方的時候，他們終於彼此信任並墜入愛河。然後，編劇把一切攪在一起了——他們得到的產品配方是偽造的，他們被他們竊取配方的一家公司玩弄了，因此他們無法得到那筆錢。

但是問題不在外部戲中；問題出在和外部戲一同發展的內心戲。當他們得不到錢的時候，他們的愛情也破裂了。一個影評譏諷地指出至少他們還擁有彼此，而另一個則哀悼他們的境遇。在電影的最後時刻，觀眾已經讓內心戲離席了，可能這就是這部製作預算約6000萬美元的電影在美國國內的票房只稍微超過4000萬美元的原因。

回到劇本的構建，外部戲在第三幕也完成了。外部戲和內心戲的關係是靈活的：可以是主角為了實現他在外部戲中的目標不得不完成他的進化，也可以是主角不得不放棄他在外部戲中的目標從而實現進化。但是記住——完成內心戲比實現外部戲中的目標更加重要。

再次回到《全民超人》，在電影的最後，約翰・漢考克確實進化了。他以保衛紐約市的一個自信超人的形象為電影畫上了句號。他克服了自己酗酒、孤僻的缺陷。這部電影在第二幕有問題，但是第一幕和第三幕給了觀眾一個滿意的體驗。漢考克在第一幕被設定為有缺陷的人，但是第三幕的進化則清除了這些缺陷。

領悟：內心戲必須要有意義

關於內心缺陷的選擇—— 選擇意義重大的內心戲是重要的！如果所選的內心戲過小或者無足輕重，比如主角必須懂得嘴裡塞滿東西時不能講話，那麼觀眾是不會在乎主角能否克服這個缺陷的。

讓我們看一個實實在在的例子，這種故事類型編劇有時會去嘗試，但是不會有效果，應該絕對避免。我給這種糟糕的類型取一個名字讓你記住——我把它稱作領悟。它事實上是電影製作人塞繆爾・戈德溫（Samuel Goldwyn）的名言「如果你想發送一個消息，去找西聯公司」[1]的另一種說法。它最常見出

1　西聯是美國著名的匯款公司，它也曾經是美國最大的電報公司。編注。

現在高度政治化的電影，例如近期關於美國介入中東戰爭的電影。

這類電影中的內心戲不充足，其內心戲是，主角的缺陷是他沒有領悟到一些事情。走運的是，編劇領悟到了，並且很高興地透露給主角和觀眾。主角僅僅透過領悟這個巨大的真相便克服了他的內在缺陷。

湯米・李・瓊斯在電影《震撼效應》（*In the Valley of Elah*）中扮演漢克・狄爾菲，他是一名退休的憲兵，他的兒子從戰場服役歸來，但被軍方宣告擅離職守。狄爾菲找到了愛蜜莉・桑德絲（莎莉・賽隆飾），愛蜜莉是一個警探，她發現狄爾菲的兒子事實上已經被謀殺，並被肢解焚屍。他們二人找到從軍隊那裡取得司法權的辦法，然後努力去查明誰謀殺了這個年輕士兵。

雖然遭遇了一系列錯誤的指引，他們最終還是找到了真相：狄爾菲的兒子是被同隊的戰友所殺，這很明顯是創傷後壓力症候群②的結果。到了這裡，到了電影的最後，狄爾菲有了他的領悟——這場戰爭如果不是世界歷史上，那也是國家歷史上的罕見錯誤……結果是，狄爾菲在巨大的悲痛下，通過把一面國旗上下顛倒過來懸掛，表達了他的領悟。

事實上狄爾菲一點都沒有改變，除了不再那麼相信這個國家和它的軍隊。他僅僅知道了一些新的東西。西聯公司，你在嗎？

遠離這種領悟型的故事。

內心戲和外部戲的協調性也很重要。在電影《辛德勒的名單》中，辛德勒通過幫助猶太人，實現了從非道德到道德的進化。因此，這種進化和大屠殺配合得很好。

另一方面，想想電影《愛在遙遠的附近》（*The Painted Veil*）的錯誤配合。

艾德華·諾頓扮演的華特·費恩是一名醫生，他在20世紀20年代的上海陷入了一場缺少愛情的婚姻之中。當他發現他的妻子有了外遇之後，他報復式地自願去霍亂肆虐的偏遠鄉村，並且強迫妻子同行。

電影的內心戲是名副其實的進化型——費恩能夠克服自己對不貞妻子的懲罰欲望嗎？充滿忿恨的妻子會學著欣賞她的好人丈夫嗎？

外部戲為他們創造了機會，但也淹沒了內心戲。電影有太多疾病和悲慘遭遇的場景，卡車從建築物裡運出的屍體、夫妻婚姻的痛苦，正如《北非諜影》裡李克所說的那樣，這些是無

---

2   創傷後壓力症候群，一個人經歷或目睹威脅生命的事件（這類事件包括戰爭、地震、嚴重災害、嚴重事故、被強暴、受酷刑、被搶劫等）之後，產生明顯的生理和心理症狀。譯注。

關緊要的。電影的外部戲和內心戲是不協調的。

如果內心戲和外部戲不僅協調，而且互相加強，那是很好的。例如電影《返家十萬里》（*Fly Away Home*），外部戲是一個小女孩用一架超輕型飛機帶領一群大雁向牠們的家園遷徙。內心戲是小女孩改善與父親的關係（回家）。父母離婚之後她和母親一起生活，在她的母親死於車禍之後，她跟隨久未謀面的父親一同生活。內心戲和外部戲的共鳴相當讓人滿意。

關於轉變型劇本第三幕的最後一點是——注意不要太快結束內心戲。

如果你結束了內心戲，觀眾可能不會去關注剩下的外部戲怎麼走。我最近讀了一個劇本的草稿，劇本中主角已經完成了進化，但他仍然參加一場拳擊比賽並且想要獲勝。這場拳擊比賽與內心戲毫無瓜葛，內心戲已經結束了。讓劇本的最後一場戲成為內心戲的最後一場戲，這是一條很好的經驗法則。

第二幕：中間／劇情務必前後貫穿

已經想出了第一幕和第三幕，現在我們轉到劇本最艱難的部分——第二幕。許多編劇在第二幕中迷失了方向，部分原因是因為第二幕最長（大約是第一幕和第三幕長度的總和）。

最後面對第二幕是非常合情合理的。畢竟，第二幕說的就是主角如何從第一幕走向第三幕。因此，在開始第二幕之前你

就應該清楚如何解決第三幕。如果還不知道自己想要去向何方，就貿然啟程，你到達正確地點的機率是很小的。

除此之外，第二幕經常會出問題，因為編劇把注意力從內心戲轉到了外部戲。他會問「可能發生什麼？」，而不是「我如何讓主角保持進化？」。既然任何事情都有可能發生，那麼很難挑選應該發生什麼。在一些喜劇中，例如《頭彩冤家》（What Happens in Vegas），你會發現第二幕滿是精心構思的笑料，但不幸的是這些笑料一點都沒有解決第一幕為角色設定的那些問題。

有時，把注意力集中在內心戲是不難的。事實上，有時外部戲就是內心戲。

看看以下例子，在HBO的電視影集《就診》（In Treatment）中，蓋布瑞・拜恩飾演了一名治療師，事實上，每一集都是治療師和患者的談話。外部戲和內心戲是完全相同的——治療師能幫助他的病人好起來嗎？同樣的事情也發生在電影《心靈捕手》（Good Will Hunting）中。外部戲和內心戲是一樣的：威爾・杭特（麥特・戴蒙飾）能在他的治療師（羅賓・威廉斯飾）的幫助下，克服過去的創傷並且進化成一個穩重的、明智的成年人嗎？順便提一下，《心靈捕手》也是給配角賦予配角自己的內心戲的極佳典範：威廉斯扮演的角色幾乎和戴蒙扮演的角色得到了同樣多的進化。

在其他劇本校準這兩類故事是容易的，因為儘管外部戲和

內心戲不一樣，但它們是明顯相關的。讓我們再看一次《王牌大騙子》。佛萊契·瑞德是一位說謊成性的律師，他的內心戲是必須學會誠實。外部戲是一連串奇幻的事情讓他失去了說謊的能力。內心戲和外部戲是如此環環相扣──透過被迫學會誠實地生活，外部戲和內心戲渾然天成整合在一起。瑞德在外部戲的經歷自然指引他在內心戲中既有的進化。

電影《窈窕淑男》也是這樣。麥可·朵西（達斯汀·霍夫曼飾）透過扮演女人學會了尊敬女人。內心戲和外部戲交織在一起。

當然，內心戲和外部戲的整合並不總是那麼容易取得成效。如果洛基為重量級拳賽冠軍拼搏（外部戲），但實際上，他必須明白自己並不是他父親說的那種失敗者（內心戲），那麼內外戲雖不是自然關聯，仍然有可能使之產生效果，但是編劇必須集中精力避免混亂。如果編劇被外部戲分心，他能夠很容易地寫出精彩的拳擊場面，但這些場面一點也不能推動內心戲。

在第二幕，主角應該反覆地接近或遠離他的進化。對此的另一種解釋是，主角在第二幕應當像在股票市場中那樣，不斷被貪婪和恐懼驅使著──貪婪追求外部戲的目標，以及懼怕內心戲要求的改變。為什麼恐懼呢？因為改變很難，而且嚇人。畢竟，人們往往會有自己的瑕疵，這些瑕疵如同防禦機制一樣，是用來讓自己免受傷害的。這就是為什麼他們害怕放棄自

己的這些瑕疵。或者你可以用另一種方式來看待——觀眾有兩種恐懼：分擔角色對改變的恐懼，但是也害怕角色如果沒有改變，其命運會如何。

第二幕的旅程是艱難的，但是為了製造「身體」上的艱難而錯誤地集中在外部戲上，這麼做當然可以，但是重要的事情是集中在內心戲，使第二幕在情感和心理上都是艱難的。

如果說《王牌大騙子》呈現了一個結合良好的第二幕，那麼《全民超人》呈現的是整合糟糕的第二幕。前面提到，在第一幕中，約翰‧漢考克被設定為一個酗酒、無家可歸的過氣超人，當他打算施展自己的能力救人時，意外毀掉了一幢樓房。觀眾想要他正視自己，克服他的酒癮和無家可歸，再次成為一個超人。

問題是，這在電影中很早就完成了。公關經理（傑森‧貝特曼飾）說服漢考克通過自願坐牢償還對社會欠下的債，以此提高自己的形象。然後他讓警察把漢考克放出來，幫助解決一起銀行人質綁架危機，漢考克不再那麼冷漠，他解救了人質並且抓捕了罪犯，電影似乎在第二幕的中途就提前結束了。漢考克的進化似乎也已經完成。

然後，劇本打出了一記曲線球——原來漢考克有失憶症，他和瑪麗（莎莉‧賽隆飾）在過去是夫妻，但瑪麗現在是雷的妻子，她是一個隱姓埋名沒有經過訓練的超人。電影忽然轉向了一個全新的內心戲——漢考克打算重新和瑪麗在一起嗎？

還是他打算斬斷情絲讓她和雷在一起，或者至少等著雷老死，然後永保青春的瑪麗尋找一個新的人生伴侶？為了讓這條線繼續，劇本必須想出一些難題，如當他們彼此太接近時，漢考克和瑪麗就不再有超能力。

因此，這是這部電影的第二幕面對的最大問題——劇本設定了一個內心戲，然後在第二幕想把這個內心戲換成另外一個。它沒有起作用，但是至少最後電影製作者做了正確的選擇，電影在結尾基本上回到了最初的內心戲。約翰·漢考克進化了，克服了最初的缺陷。

所以給編劇的教訓是，堅持你在第一幕設定的內心戲，然後在第三幕了結內心戲，而在第二幕走你自己的路。為了一些好的劇情或者喜劇效果來轉變內心戲也是可以的，但是請記住，內心戲的功能就像是劇本的脊柱，其他素材必須依附在它的上面。

為了創作一個轉變型劇本，如何把內心戲和外部戲交織在一起？以下針對三幕戲做個簡要的總結。

第一幕

- 設定主角和內心戲的內在缺陷。
- 用一個刺激性事件開始外部戲，轉入第二幕。

第三幕

- 通過一些方式完成主角的外部戲，無論是實現、放棄還是其他的方式。
- 結束主角的進化（當然，也可以是退化或保持不變）來完成內心戲。
- 確保在內心戲完成後再也沒有什麼重要的情節了。

第二幕

- 讓主角忙於他的內心戲之旅，從有缺陷的第一幕到第三幕完成進化。
- 讓主角在外部戲實現目標，或者有所進步，或者是徹徹底底的失敗。

◎

以上是構思和交織轉變型劇本的內外戲的基本方法。下一章討論神話型劇本。

建構轉變型劇本時，下面這張內心戲／外部戲大綱表是一個很好的工具。拿四頁紙來寫劇本。第一頁是第一幕，第二、三頁是第二幕的上半部和下半部（可以叫它們第二幕A和第二幕B），第四頁是第三幕。把每一頁從中間用直線垂直分開，左邊寫上「外部戲」，右邊寫上「內心戲」。第一頁看起來就會像這樣：

第一幕

外部戲	內心戲

在空白處，把內心戲和外部戲的進展節奏填在對應的幕內。

當你開始構思劇本情節時，這個模式能讓你保持內心戲和外部戲對應均衡。當你把內心戲與外部戲填滿並且兩者協調一致時，你就完成了。把兩部分分開讀一遍，確保它們都合情合理；然後再把它們合在一起讀一遍，確保它們彼此沒有任何衝突。這會讓你有一個飽滿且令人滿意的大綱作為你的轉變型劇本的基礎。

觀看電影《黛妃與女皇》，在觀看時寫下它的內心戲／外部戲大綱。

第八章

建構你的神話型劇本

　　神話型劇本和轉變型劇本的運作方式不同。在轉變型劇本中，有清晰的內外部戲。寫這種類型的劇本時，編劇要避免的主要危險，是集中精力在不太重要的外部戲而忽略了重要的內心戲。

　　在神話型中，內心戲和外部戲的區別卻不明顯。相反，外部戲——例如殺死一個怪物，就是內心戲的象徵。怪物象徵著需要克服的內在缺陷。所以，沒有必要設立一個獨立的內心戲。電影《大白鯊》中，警長馬丁（羅伊·謝德飾）從船裡出來殺死鯊魚，我們沒有看到他經歷了什麼內在問題。我們也沒有必要看到，因為他在殺死鯊魚時，就象徵著他克服了自己的（或者人類的）內在缺陷。

　　所以，編劇只要寫出外部戲，內心戲也就隨之而來。這聽起來像是打破所有的規則。你可能會想，我不必學習什麼內心戲之類的，只要我寫的是一部神話型劇本，問題就解決了。

事情並不是那麼簡單的。在一個神話型的故事中，建構一個合適的外部戲是非常重要的，因為事實上，它有預期的象徵效果。

讓我們以一個怪物故事為例，看看如何構建一個神話型劇本。建構步驟和轉變型故事大體相似。我們依然用這樣的順序來分析：第一幕，第三幕，第二幕。

首先──第一幕，開始

在第一幕中，編劇要介紹怪物出場。這時並不需要什麼超能力，可以在後面的劇情中慢慢出現。但是，在第一幕的某些點上，怪物開始威脅主角；更理想一些，就是對一些無辜的人甚至全世界造成威脅。威脅越大，怪物的效果越強。

其次──第三幕，結尾

現在到了第三幕。主角最後到底要怎樣打敗怪物？通常包括這樣的情節：主角洞察到怪物太強大，根本不是它的對手，只能另想方法將其打敗。《大白鯊》裡的鯊魚不知道咬住氧氣筒並不是一個好主意，然而馬丁警長卻意識到用來福槍打爆氧氣筒是一個好主意，可以讓氧氣筒在鯊魚嘴裡爆炸。

記住，讓主角成為真正殺死怪物的那個人通常是最好的結

局。改變這一點是要冒風險的。例如，在電影《驚爆萬惡城》（Edge of Darkness）中，梅爾·吉勃遜扮演的湯瑪斯·克萊文是波士頓的一名偵探，他的女兒在他面前被謀殺。克萊文解開了謎團，弄清楚了他的女兒為什麼被殺害，他槍殺了其中一些壞人，殺死了部分「怪物」。但是其他的幾個壞人留給了另一個角色傑德堡（雷·溫斯頓飾），他射殺了最後幾個壞人，完全殺死了「怪物」。

這裡呈現的是傑德堡的某種進化故事，但是如果是克萊文消滅掉所有的壞人，那麼觀眾應該會更加滿意。所以，問題還是象徵意義：既然殺死怪物象徵著克服內在缺陷，那麼讓別人來偶然動手殺死怪物是沒有太多意義的。

最後——第二幕，中間

接下來，我們再次轉到最難的部分——第二幕。怪物型故事劇本的本質，就是寫一個與怪物打鬥的外部戲，但是聰明的編劇在寫劇本時會時刻記得，這個外部戲象徵的是內心戲。所以他就會讓主角和怪物不斷打鬥，有時候會輸，有時候會贏。就在主角看來沒有機會贏的時候，他的洞察力會讓他獲勝。

在下一部分，我們將會進一步討論特殊劇本的寫作：改編、續集和翻拍。

單元練習1 設計你的神話劇本，填入外部戲和其意義

下面這種方法我們用來構建轉變型劇本，稍加修改後對建構神話型劇本也有幫助。

拿四張紙代表劇本。把每一張紙從中間垂直分成兩部分，這一次把左邊標為「外部戲」，右邊標為「象徵意義」。第一頁看起來就是這樣：

第一幕

外部戲	象徵意義

對於一個神話型劇本，在左邊填入外部戲的進展節奏，在右邊填入與之對應的象徵意義。再一次提醒，當你完成一個劇本大綱後，把兩欄分別閱讀一遍，確保它們都合理；然後再整體讀一遍，看看兩邊是不是很契合。這會讓你有一個飽滿、令人滿意的大綱作為神話型劇本的基礎。

單元練習2　列出《致命的吸引力》、《醉後大丈夫》大綱

觀看《致命的吸引力》和《醉後大丈夫》，為每部電影寫一個外部戲／
象徵意義大綱。

第四部

關於改編、續集與翻拍

編劇常常根據其他素材編寫劇本，譬如小說、書籍或先前的
電影。本書的這一部分將會從內心戲的角度處理這些情況。

第九章

改編劇本

改編一部小說、一部舞台劇、一本漫畫或是一個真實的故事，帶給編劇提出了特殊的挑戰。挑戰的根源是這些藝術形式是相當不同的，它們和電影完全不一樣。編劇必須要特別注意，千萬別把原始素材的特性作為改編劇本的特性。

以小說為例。顯然，閱讀一本小說和觀看一部電影是非常不同的體驗。通常一部小說大約有10萬字，而一部劇本僅有2萬字。我們可以讀小說的幾頁，重讀其中的一段，放下書去思考。我們可以拿起書重讀最後一頁，閱讀接下來的50頁……等等。諸如此類一個巧妙的用詞或一個短語，就能夠抓住我們的注意力。

一本書中的每個細節都很重要，即使書中沒有一個統一的故事，也可以讓它成為一本好書。事實上，對於許多現代讀者而言，小說逐句的文筆是重要的，而故事則是多餘和過時的東西。

電影特性——即時體驗，分秒無冷場

電影則不同，對大多數人來說，看一部電影是即時式、沉浸式的體驗。

當我們在電影院的時候，我們不能讓電影停下去思考它。通常，我們聽不到一個角色的思考或者看不到另一個角色想起了她去世的蘇菲阿姨。

所以，我們必須回到本書最初的論點——劇本中最重要的是內心戲，也因此無論何時，我們若想寫一個劇本，回到內心戲絕對是正確的。

即使改編一部本身並沒有多少內心戲的小說也是如此。甚至改編戲劇、歌曲、海報、新聞報導或任何別的東西都一樣。

- 如果你的原始材料沒有一個內心戲，你必須想出一個，否則你的劇本將會平淡無奇，也不會令人滿意。

我最近在和一位編劇探討，這位編劇受雇把一本非小說書籍改編成劇情片劇本。這本書涵蓋了華盛頓近代歷史大事件，作為一本非小說的書，它是成功的。許多讀者對政府最高層幕後發生的事情深深著迷，找出真相是非小說書籍的目的，這與紀錄片相似。但這不是電影劇情片。這就是為什麼大多數觀眾不喜歡去看紀錄片的原因。

當我讀他的劇本的初稿時，我說，沒有故事——也就意味著沒有內心戲。劇本從書中選擇了最有意義的事件，並且把它們富有情節地展現了出來，他的劇本在展開一系列歷史事件上是稱職的。

但是它沒有集中在任何一個角色身上，來展示這個角色的進化或退化，它沒有劇情片裡觀眾想要的東西。這本非小說書籍從它本身的角度來說是有趣的，它揭示了歷史事件的幕後原因。這個主題有可能製作成一部吸引人的紀錄片。但是作為劇情片，它是空洞的，不能讓人滿意。

改編的失敗案例：電影《陌生的孩子》

讓我們看一部遇到相似問題的電影《陌生的孩子》（*Changeling*）。電影根據一個真實故事改編。故事發生在1928年，由安潔莉娜・裘莉飾演的克莉絲汀・柯林斯是一個單身母親，當她下班回到家中的時候，她發現她的兒子失蹤了。她急得發瘋，警察在搜尋失蹤男孩的時候她自己也在尋找。

最後，在她的兒子失蹤5個月後，警察找到了那個男孩。那個男孩說他被綁架了，警察將他交給了他媽媽。但是克莉絲汀覺得有問題，這個男孩不像她兒子那樣看她。警察把這件事搪塞了過去，但是克莉絲汀並沒有完全確信，尤其是這個男孩比他被帶走前矮了三英寸。

當她指出這些疑點時，當局的回應是把她關進了一家瘋人院，除非她能證明她神智正常。你猜怎麼證明？就是承認那個送來的男孩就是她的兒子。

電影中描寫了當局用令人髮指的方法對待這些難對付的婦女，如果她們繼續反抗，就會遭受電擊治療之苦。

在一個富有同情心的牧師的幫助下，克莉絲汀逃出了瘋人院，並且對城市當局提起了訴訟，結果所有被錯誤監禁的婦女都被釋放了。這座城市必須改變對待這些執拗的女人的方式。

我們稍後會講到她的兒子。這裡的重點是，克莉絲汀確實經歷了許多，但不幸的是，這並沒有對她的進化起了幫助。在電影的最後，她比開始時更武斷，也不如開始時那麼客氣。但她在開始時真的沒有什麼缺陷，需要通過經歷這種非同尋常、讓人毛骨悚然的一系列事件來克服。事實上，從一開始她就被塑造成一個能幹的婦女和慈愛的母親。觀眾希望看到角色發生意義重大的改變，因此，在開始時把一個角色塑造得太好是錯誤的。讓人遺憾的是，《陌生的孩子》在前面是轉變型，但是喪失了內心戲。

這部電影試圖在某些點變成神話型故事，方法是聚焦於調查、尋找和抓捕「怪物」上。這個「怪物」擄走並殺害了她的兒子，也殺掉了其他小孩。

遺憾的是，克莉絲汀的角色不是一名警官，因此，這個「怪物」故事完全集中在另外一個角色身上——追蹤謀殺犯的

偵探。這個故事事實上進展得相當好，但是當一部電影是如此分叉的一個結構時，這部電影是很難成功的。

　　既然這部電影改編自一個真實故事，編劇可以反駁說，這個故事在現實生活中就是這個樣子的。但這並不是一個好的藉口。你寫任何一個劇本，即使是改編，如果想要劇本有效果、有娛樂性，就應該遵循內心戲規則。觀眾想要得到娛樂——他們不會一邊離開電影院一邊說：「我相當滿意，但要是改編的原始題材更好的話，電影就真的很好了。」

改編的成功案例：電影《永不妥協》

　　用《陌生的孩子》與一部相當成功的電影《永不妥協》（Erin Brockovich）作比較，這部電影同樣是改編自真實故事。電影的外部戲是主角試圖把一家電力公司送上被告席，因為這家公司汙染了用水造成環境破壞，並嚴重危害居民的健康。

　　但是，是內心戲讓這部電影更貼近生活，也是內心戲送給了主演茱莉亞・羅勃茲一個奧斯卡小金人。外部戲僅僅提供給內心戲一個表現的機會。

　　下面是《綜藝》（Variety）雜誌對這部電影的評價：

　　這是一個女性發現並運用自己全部潛能的動人傳奇。《永不妥協》擁有「勵志」真實故事應當有但少有的一切。

他們知道是內心戲讓這部電影取得了相當大的回響與票房收入。在評論的後面部分，是對羅勃茲表演的高度讚揚：

對羅勃茲來說，她獲得了前所未有的成功，她使出渾身解數扮演好了一個注定失敗卻義無反顧的角色。

進化是這個劇本的肉。劇本的其他部分——受汙染的居民，粗魯的老闆——是劇本的調味品，用來幫助電影贏得觀眾。沒有人說有一個好的內心戲就足夠了。僅有內心戲是不夠的，但它是必須的。無論劇本是出自改編，還是完全從編劇腦子裡想出來的，內心戲絕對是必需的。《永不妥協》很明智地集中在了這個方面，並且因此獲得成功。

回到那本非小說書籍的改編。我告訴編劇他的劇本缺少一個內心戲時，他辯解道，那本書只是一本報告文學，並沒有內心戲。我說他必須在劇本中插入一個即使原書不存在的內心戲，他說他認為他不可以過多地偏離原始題材。

如果他在動筆之前告訴我這些，我想我能給他的唯一建議是放棄這個項目，當然，除非他真正看重的是那點稿費。

因為，當製片人輪流讀你的沒有內心戲的劇本時，他們不會喜歡它，也不會有進一步的行動。因此，如果一個專案違背了內心戲的規則，不要去浪費你的時間。

當然，值得指出的是，改編真實故事可能會有一種特殊的困難：為了擴大內心戲而改變真實故事，對現實中實際與此有關的人可能是不公平的。

　　如果某個角色背地裡是一個酒鬼，可能故事會更好一些，但是如果實際上他並非一個酒鬼，以這種方式寫劇本甚至可能構成誹謗。這是任何人寫這樣的改編劇本時不得不面對的問題。想一想《華盛頓郵報》（Washington Post）關於《不公平的戰爭》（*Fair Game*）的社論，這部電影是根據身分暴露的中情局特務維洛莉·普萊姆和她的外交官丈夫喬瑟夫·威爾森的故事改編的：

　　《不公平的戰爭》充斥著歪曲，徹底捏造……好萊塢習慣於根據歷史事件改編電影，但不尊重事實；《不公平的戰爭》不過就是再添一例。

　　因此，當你改編一個真實故事的時候，你必須小心謹慎。下一章，我們將講解續集。

單元練習 從《姊姊的守護者》分析電影中的轉變是否提升了內心戲

觀看《姊姊的守護者》（*My Sister's Keeper*）。這部電影改編自一本小說，因為它改變了書中外部戲中的一個重要事件而飽受爭議。這麼做惹怒了小說的粉絲，但是如果它提升了內心戲，那也就值得了。

看完電影之後，問問你自己電影中的改變是否真正改善了內心戲（如果你不知道改變了什麼，去網上看看別人怎麼說）。我認為並沒有提升內心戲。所以當我為電影製作者做這種改變的勇氣鼓掌時，我懷疑為什麼製片人認為這會改善最終的作品。

第十章

電影續集再創佳績

　　如今，似乎任何一部賺了大錢的電影最後都會拍攝續集。畢竟，人們對這部電影的感受還在。人們蜂擁去看《*Linoleum*》，他們必然也會去看《*Linoleum 2*》。我們要做的便是坐下來等著數錢。

　　那麼，問題是什麼呢？問題是，如果原來的電影很好，那是因為它有一個能取悅觀眾的內心戲。我們可以請回以前的明星、導演和那條可愛的狗，但是我們如果想不出一個和原作一樣吸引人的內心戲，這一切都不會奏效。

　　這裡有幾種可能的策略，可以用來想出一個新的內心戲。

· 把主角放到相同的基本處境中，讓他的角色倒回到最初有缺陷的狀態。
· 讓主角克服一個全新的缺陷。
· 讓主角遭遇並且努力殺掉一個全新的「怪物」。

· 把故事從轉變型改為神話型，或者相反。

續集面臨的問題很多。其中最明顯的問題是，續集可能和原作過於相似，觀眾可能會覺得受騙上當，掏錢進了影院但是看了一部和第一部相同的電影。另一個問題是相同的內心戲用第二次的效果不那麼好。

電影續集案例：《終極警探》

讓我們看一些處理續集的例子。在原作《終極警探》（*Die Hard*）中，布魯斯·威利扮演一個紐約的警探約翰·麥克連，這部電影在票房上銷售十分亮眼。它包含了一個轉變型進化的故事，主角麥克連必須學會尊重他妻子的價值；同時，這又是一個怪物型的故事，他必須阻止恐怖分子，因為這幫恐怖分子精心策劃想要偷竊數百萬美元的債券，並且抓住了麥克連的妻子和她的同事。電影中將進化型故事和怪物元素都處理得很好，它們彼此間配合得相當漂亮。

故事最後，麥克連克服了他自己的缺陷，歹徒也被幹掉了。因此，當電影公司打電話來說之後還要再拍一部續集時，編劇接下來該怎麼做？

《終極警探2》（*Die Hard 2*）基本上採取了無視原作的轉變型故事路線，它完全按照一個「怪物型」故事路線來組織故

事。在電影一開始，麥克連去機場接他的妻子，在那裡他遭遇了新的「怪物」，那是一群叛軍正計畫解救被拘押的獨裁者，他們打算切斷航空管制系統，並且撞毀班機。

續集表現得怎麼樣？它表現得很好，票房超越了原作，雖然製作這部電影的投入也相當可觀。很明顯它缺少了原作電影中轉變型的成分，但是用更大的動作場面進行了彌補，至少讓一部分觀眾過足了癮。

但是，且慢！《終極警探》還有兩部續集。這個系列的第三部電影是《終極警探3》（*Die Hard: With a Vengeance*），演員陣容增加了山繆・傑克森和傑瑞米・艾恩斯，但是增加的內心戲很少。再一次，這是一部沒有太多轉變型故事的電影，它的故事集中在「怪物」身上。

這部電影無論在創新上還是在票房上都普遍被認為是一部失敗之作，這部電影的投入成本甚至超過了上一部續集，但是收入卻更少。

最有趣的是最後（或者至少說是最近）這部續集《終極警探4.0》（*Live Free or Die Hard*）。它的製作人很明智地轉了一個圈，又回到了原作的進化型內心戲。

在原作中，麥克連和他妻子的婚姻瀕臨破裂，他對妻子的職業感到不滿，隨著這個進化型故事的推進，麥克連最終學會了珍視自己的妻子並且給她一些自由空間，而他的妻子同時也學會了尊重她的丈夫作為一個男人以及保護者的價值。

麥克連的妻子在第二部續集沒有在他的身邊，因此她在第三部沒有出現。但是，第三部續集中有他的女兒。女兒和他感情疏遠，就像原作中她的媽媽不冠夫姓一樣，她自己冠母親的姓氏而不用父親的姓氏。

因此，麥克連和一個年輕的助手透過阻止一個駭客把「怪物」殺掉了。這個駭客為了賺到一大筆錢，使用極其複雜的方法攻擊國家電腦系統。最後麥克連透過內心戲與自己的女兒重歸於好。

《終極警探4.0》的結尾和原作比較接近，這次，麥克連發現了他女兒性格中讓人欣賞的一面，她並非自己一直認為的那樣讓人頭疼，而他的女兒也理解了自己的父親。事實上，就像前面她的母親恢復冠夫姓一樣，她放棄了母親的姓氏，並且致用她父親的姓來稱呼自己，至少在那天是這樣的。這部電影非常成功，全球票房收入超過了3.8億美元，它也成為四部《終極警探》電影當中最賺錢的一部。回到之前的內心戲起作用了，這或許很少見，而且觀眾並沒有意識這兩個故事是類似的。

電影續集案例：《洛基》

想一想電影《洛基》。在原作中，洛基（席維斯・史特龍飾）是一家破敗俱樂部的拳擊手，他得到了一個爭奪重量級拳王頭銜的機會。他的對手阿波羅・克里德是一個多嘴多舌的

人，但不是「怪物」。電影的內心戲是進化型：洛基必須明白自己不是一個失敗者。他在冠軍賽上一次又一次被擊倒，但是成功地從原始狀態進化了。

洛基在《洛基續集》（*Rocky II*）中贏得了冠軍腰帶，之後《洛基》系列的《洛基第三集》、《洛基4: 天下無敵》、《洛基第五集：龍吟虎嘯》（*Rocky V*）調整為「怪物型」故事，頗受好評的第六集《洛基：勇者無懼》（*Rocky Balboa*）回歸了進化型故事。

因此，編劇必須像寫完全原創的劇本一樣，按照內心戲的規則來寫續集。劇本需要一個吸引人的內心戲，要麼主角必須進化，或是「怪物」必須被殺掉（或者另一種類型，但是這兩種在目前最為常見）。續集有一些內在的市場優勢，但沒有內在的故事優勢，後者仍然取決於編劇。

下一章將會討論另一種特殊的形式——翻拍。

第十一章

翻拍，經典電影重新面世

　　我們最後要討論的特殊形式是翻拍。如果給一部成功的電影拍續集是有道理的，那麼把它全部重新拍攝是否更有道理呢？忠實觀眾存在嗎?他們是否依然最愛原作？

　　雖然，公平一點說，翻拍的目的通常不是為了讓相同的觀眾再一次停留，而是傾向於讓錯過了第一部，但又不想重新觀看老片的觀眾走入影院。可能影星不是現在當紅的，或者它是2D版本。但是電影的影響力仍然存在，因此，我們要做的便是對它進行「更新」。我們用新的演員、新的導演，所有一切都是好的。

　　但是劇本怎麼辦？同一個劇本很少被重新使用。通常的做法不是僅僅把「喬丹」換成「羅納爾多」，把「紐約」換成「巴黎」，而是需要做得更多一些。演員不想依樣畫胡蘆被別人批評，編劇也有他們自己的想法。

　　因此我們遇到了編劇通常要面對的問題 —— 構思一個劇

本，它有會吸引觀眾的內心戲。對於一個改編劇本，有時因為忠於原作的呼聲而增加了這種難度。像我們先前說過的那樣，忠於原作應該是你的最後考慮；首先考慮的應該是一個好的內心戲。

翻拍的成功案例：電影《變體人》

讓我們看兩個例子。第一個是影片《變體人》（*Invasion of the Body Snatchers*）。1956年的原作是根據一部小說改編的。這是一個「怪物型」的故事：一個小鎮醫生發現他的鄰居表情木然，變成了長相一樣的陌生的生物。他最終發現是外星人正在擴散病毒，複製出與人一樣的生命體，並且打算控制世界，當然，醫生是唯一一個能夠阻止他們的人。

在20世紀50年代，那時電影裡的殭屍怪物通常不是代表著共產主義，就是反過來的另一方，也就是散播反共思潮，麥卡錫主義（McCarthyism）的恐懼製造。片中主角必須首先弄明白什麼是變體人，然後反擊並努力制止將要發生的一切。最後，他成功地警告了當局，這也讓我們相信外星人是能夠被打敗的。我們的英雄協助殺掉了怪物。

1978年翻拍了與《變體人》同名的電影，由唐納德·瑟斯蘭和布魯克·亞當主演。這部電影本質上是與前一部相同的「怪物型」故事，像殭屍一樣的複製人到處出現並且威脅著人

類的生存。當然，任何冷戰的暗示都不復見，在這裡，評論家把新版裡的外星人威脅當作媒體霸權和消費主義的代表。

不過，兩個版本之間有一個非常大的不同之處。在原作中，主角成功殺掉了怪物的方式，是讓當局警醒到外星人的存在以及它們的計畫。翻拍的版本的結局則比較陰鬱，主角也變成了一個變異人。「怪物」殺掉了我們。

如果原作是類似神話型的進化故事，那麼翻拍的版本則類似於一個退化型故事。

除了結局，從內心戲的角度看，翻拍的版本與原作相當接近。因為這個原因，兩個版本都很成功，上映後都獲得了好評。

翻拍的失敗案例：電影《七日之癢》

接下來的例子則不是這種情況：《七日之癢》（*The Heartbreak Kid*）。1972年的黑色喜劇原作獲得了成功。查爾斯·葛洛汀扮演的蘭尼在與自己的妻子度蜜月，當他遇到迷人的凱麗（西碧兒·雪柏飾）時，他立刻對自己的新婚妻子完全失去了興趣。

《七日之癢》是一個退化型故事。蘭尼開始時相對健康，但是很快便甩掉了他的新婚妻子。平心而論，他的妻子很煩人，經常發出刺耳的笑聲，吃雞蛋沙拉的方式讓人厭惡。但

是，我們都被引導認定蘭尼在他說出「我願意」之前，對他的妻子有相當好的印象。所以，當蘭尼突然對他的妻子說她不適合他，並且為了他剛剛遇到的迷人女孩無情地拋下她的時候，我們沒有給予他太多同情。

隨著劇情發展，蘭尼的舉止變得越來越差，他在我們的視線裡不斷退化。我們對他的唯一希望便是凱麗能夠拒絕他，讓他難堪。然而，讓人難以置信的是，凱麗同意嫁給他。

在蘭尼和凱麗的婚宴上，蘭尼似乎並不為自己的結果感到高興。雖然已經把自己的靈魂出賣給了魔鬼，但他甚至沒有享受自己墮落到地獄的過程。

從各方面來說，原作的退化型故事引人注目。

翻拍的版本走了一條全然不同的路。影片拍攝於2007年，班·史提勒扮演了查爾斯·葛洛汀扮演過的那個角色。它完全放棄了退化型故事。主要的不同是，蘭尼已經瞭解了他的新婚妻子是什麼樣的人，但史提勒扮演的艾迪·康卓則對自己的新婚妻子一無所知。觀眾跟著艾迪一起結識了他的新婚妻子，她對我們所有人來說相當完美。

直到他們去度蜜月的路上，艾迪和觀眾一起知道了真相。他的新娘是一個粗俗、喜歡大口喝酒、失業的性虐待狂，於是，艾迪變得和蘭尼一樣成為充滿欺騙、隱瞞和鬼鬼祟祟的人。他的新娘是如此可怕，以至於當他遇到了另一個女人，想當然耳，他一定會做出正確的決定，那就是拋棄錯選的新娘。

遺憾的是，原作的退化型故事無可取代。所有的狀況只是為了博得觀眾一笑，但是角色沒有深度，這部電影雖然有精彩的外部戲但沒有任何內心戲。於是，票房收入直接體現了這個結果——美國國內票房勉強達到了3600萬美元。

　　翻拍能夠成功嗎？只有編劇想出某種內心戲才可以。通常的規則還要再次重複：

・　堅定不移地關注內心戲是寫出成功劇本的關鍵。

　　因此，寫一個翻拍劇本的關鍵是一樣的——內心戲。因為原作的存在讓翻拍劇本更加複雜，但是要寫出一個好劇本，你必須克服這些。

◎

　　本書接下來的部分討論的不是為大銀幕，而是小一點的電視編劇的技巧。

單元練習　找出一部老電影，思考如何改編

回憶一部你喜歡的老電影。如果要你來重寫，你會怎樣改編這個故事？要特別注意原作的內心戲以及如何改進這個內心戲。

第五部

電視影集
編劇心法完全解密

到目前為止,本書主要討論電影劇情片的編劇。其實,對於電視影集來說,兩者雖然在其他小地方略有不同,但這些理論絕大部分同樣適用。

第十二章

內心戲 vs. 收視率
轉變、神話與混合型運用

現在讓我們將焦點轉到電視影集，看看電影劇本的內心戲規則，究竟是怎麼運用到電視影集上的呢？

先進入第一個問題，大多數人會想要弄清楚是：「這兩種形式的劇本有什麼差別？」這是一個常常被誤解的問題，而典型的回答通常是——播出時間的長短。

以一部電影來說大概有2個小時，而一集電視影集只有30或60分鐘。然而，這樣的比較是不對的，因為若要與一部完整的電影相較的話，電視影集應該拿整齣戲劇約莫100個小時甚至更長的時間來比較，是全集而非只是其中的一集。

電視影集可以被視為慢動作電影，它有一個無窮無盡的第二幕，不停地繼續，一個星期又一個星期，會成為一部有上百集甚至更多的電視影集（如果製片方夠幸運的話）。通常，試播片會包含一個特別簡潔的第一幕，在設定好情節和人物之

後，就進入到第二幕的第一個序列，接下來，電視影集會繼續發展第二幕，而最後，如果電視影集創作者知道這部影集要結束了，他們會在最後替影集加一個簡短的第三幕。

和電影一樣，電視影集創作者也會為他的故事嵌入一個主要的內心戲，再重申一次，故事的魅力就是內心戲讓這一切努力開花結果。

收視長紅的電視影集：《黑道家族》

讓我們來觀看兩部結構良好的電視影集，看看它們是如何做到的。

首先是《黑道家族》。我們都知道影集中的精彩對白和精湛表演。但是，這部影集能獲得歷久不衰的成功都要歸功於它的整體規劃與設定。東尼‧索波諾唯一在乎的就是權力：他渴望自己的權力超過他人，他最大的恐懼莫過於別人得到的權力超過了自己。在他的眼中，這是一個弱肉強食的世界，而他則盡最大努力讓自己成為其中的佼佼者。

但另一個方面，他是一個充滿魅力、詼諧幽默的人。要不是因為我對他的了解產生了些許的恐懼戒心，否則我真的很願意和他做朋友、和他一起出去閒逛。但是，對他的朋友、妻子和孩子來說，他是很好的人。

因此影集有了基本的設定——主角有一個內在缺陷（東尼

是一個凶殘的暴徒），但他又十分討人喜歡，觀眾會觀看這部影集，看他能否最終克服這個缺陷並且進化。一週又一週，他變得更健康一些或者更不健康一些，而觀眾一直跟著觀看他的變化。東尼的例子是一個相當典型的兩難模式——如果他變得太好，他會輕而易舉地被人幹掉；而如果他變得太卑鄙，他又會造成自己和家人疏遠，最後造成孤獨終老的危險。

這是轉變型影集的基本公式。想再看看另一個例子嗎？《怪醫豪斯》主角格瑞利・豪斯是一位傑出的醫生，他有一個缺陷——他不喜歡任何人，包括他的下屬和病人，他不能和任何人建立真正的人際關係。我們喜歡豪斯——因為他很出色也很有趣。我們一週又一週地希望他能在克服自己的內在缺陷取得成效。影集也試著為他安排了《黑道家族》裡東尼那樣進退兩難的困境……豪斯相信，如果他做出太多的改變，變得太和藹了，他就會失去醫學方面的能力。

所以，重申一遍，典型的轉變型電視影集是一個漫長而又緩慢的故事，這個故事猶如一場長跑，在這場長跑中，存在著進化或者退化的潛在可能。

那麼神話型電視影集又是怎樣的呢？這種影集太多了。最明顯的例子在電視產業裡叫做「警察辦案」作品，通常是「怪物型」或者「福爾摩斯型」。以知名的電視長壽劇《法律與秩序》（*Law & Order*）為例。警探和檢察官每個星期破一個案子，逮捕並且指控一名凶手，這樣便殺掉一個威脅社會的「怪

物」。（注意到老的影集像《飛車勇士》〔Adam 12〕和現代警察電視影集《犯罪心理》〔Criminal Minds〕的不同之處是很有意思的事情，我猜想在20世紀50、60年代，「任何」犯罪都足以讓我們煩惱，而現在則要用連環殺手來嚇唬我們。）

事實上，許多電視影集是鬆散的純神話型故事。警察辦案可以說是一週一次的「福爾摩斯型」和「怪物型」故事，而《奇幻島》這部影集則幾乎總是「綠野仙蹤型」。運用這些類型，是建構影集的一個好方法。

如今，大多數電視影集是混合型，把轉變型和神話型的元素組合在一起。這種電視影集最大的問題是兩種類型的元素在影集中所占的比例，例如《怪醫豪斯》，它有神話型的元素——每週這位傑出的醫生試著殺掉威脅病人的可怕疾病，並且通常拯救了病人的生命。但是這影集的焦點實際上是豪斯的缺陷，以及他在那個星期是變得更好還是變得更糟。

相較之下，在《法律與秩序》中，神祕事件和檢控在影集中占支配地位，劇中也有轉變型的元素，但是在典型的一集中，神話型與轉變型各自扮演相當的戲分，對奠定整部影集的基調方面有重要作用。以轉變型為例，在《法律與秩序》中，老資格的助理檢察官傑克·麥考伊主要關心的是對與錯，顯然這激發他指控殺手，但這也會讓他在某些時刻懷疑他所做的事情是否正確。例如：他應該通過威脅被告的妻子向被告施壓嗎？

在《怪醫豪斯》中，轉變型占80%，神話型占20%。《法律與秩序》正好相反。

一部主要是神話型的影集是典型的辦案類故事。它們主要是關於每週的案件，警察角色的缺陷則是用來調節氣氛的。《CSI犯罪現場》（*CSI: Crime Scene Investigation*）有一個有趣的經驗。回到《CSI犯罪現場》第一季的試播集和較早的幾集，每個角色都有鮮明的背景故事，每兩個角色之間都存在一種複雜、有爭議的關係。

但是隨著影集的繼續並獲得成功，製作者意識到吸引觀眾的是罪案，而不是角色的小過失。因此劇中團隊成員把更多心思花在了使用質譜儀上，而較少關心他們自己的賭博問題或者內訌的衝突。換句話說，這部電視影集顯著趨向於神話型而不是轉變型。

以神話型為主的電視影集，如《法律與秩序：特殊受害者》，通常通過客串角色為影集加入轉變型元素，由這個客串角色來經歷一個轉變型的內心戲。順帶一提，這就是為什麼有那麼多的電視影集裡面有警察、律師或者醫生的原因：雖然這些角色可能不會有特別戲劇性的人生時刻，但是和他們打交道的民眾很有可能經歷了一些飽受壓力和戲劇性的生活狀況。當妻子決定出庭做出對她丈夫不利的證詞或兒子不得不拔掉插在父親身上維生的管子時，這些就是極具戲劇性的時刻。

附註一點，神話型的影集並不一定都是以警察為題材。

《白宮風雲》這部以美國白宮為背景的影集，就不是警務題材。這部影集中的人物是有些缺陷的，但代表影集特點的不是他們是否會變得更好，而是共和黨人或其他保守派等邪惡政黨會不會被擊敗。例如，試播片高潮迭起，基督教基本教義派要求開除喬許‧萊曼這位白宮副幕僚長，因為他在電視訪談時說了一些話；不過他並沒有被開除。喬許在這一集裡，不只學到了不要在電視上批評基督教基本教義派，而且要把焦點放在擊退對他和巴特勒政府的威脅。用另一詞來形容，也就是：怪物。

我們觀察到的另一個焦點是：因為電視影集是如此之長，所以在一個「怪物型」電視影集裡，可以有足夠時間強調用來殺掉「怪物」的品質，並且能讓影集與眾不同。

在一部「怪物型」電影劇情片裡，劇本是如此之短，以至於角色去殺掉「怪物」時一般使用常見的、可預知的個人品質：勇敢、執著、創新……等等。但是在一部電視影集中，可以使用一套獨特的品質。比如在《白宮風雲》中，角色試圖使用「改革論」打敗他們的競爭者。

或者想一想《反恐特勤隊》（*The Unit*）。在這部影集中，美國特種部隊祕密行動小組的隊員一週又一週地打敗威脅美國的國外武裝組織和恐怖分子。用的是什麼品質呢？用的是堅忍的男子氣概和軍人榮譽，這在影集中被一直強調。正是這種強調讓這部影集有了獨特的味道，同時也讓它不同於同台競技的

其他電視影集。

在《神探可倫坡》（*Columbo*）中，主角偵破案件並不單單依靠敏銳的洞察力和推理能力，也要依靠他過度呈現的積極歡樂。他面對和逮捕的大多數罪犯是富人或者很有名望的人，而可倫坡的社會地位要遠遠低於他們。這暗示的資訊是，知識能夠解決這些上流階層製造的麻煩。

成功的情境喜劇：影集《歡樂單身派對》

情境喜劇又是怎樣的呢？它們也遵循相同的規則，而且傾向於轉變型影集。主角有一個缺陷，一個搞笑的缺陷，一個讓他看起來傻裡傻氣的缺陷。每一集引入一個外部戲來凸顯他的這個缺陷，外部戲為主角製造麻煩，並把這個麻煩強加在主角和他的親朋好友身上。主角和他的自我缺陷鬥爭，但他最終總是解決了外在的麻煩但卻沒能成功克服自我的缺陷。這樣的結果讓每個人開懷大笑，然後一切恢復平常狀態，因此，下一週我們可以再來一遍。

情境喜劇就是這樣，包括最有名望以及最被認可的《歡樂單身派對》（*Seinfeld*）。這部影集以沒有主題而出名，但其實並非如此：「劇中角色的生活平淡無奇，角色的生活中沒有任何意義重大的事情，結果就是有趣的空虛。」那是他們共有的缺陷，把這個缺陷誇大是這部影集笑料的源頭。例如在劇中，

傑瑞不記得他約會的女人的名字，這不就是誇張地表現了我們的人際交往文化嗎？因此內心戲原理得到了完美的應用。

每一部電視影集都以一個試播片作為開端。寫一個電視影集試播片是編劇中最困難的任務之一。編劇必須設定角色和情境，還要講一個引人注目的故事，並且全部要在標準長度僅有22或44分鐘（不包括廣告）內完成。在這樣的時間長度裡講一個故事已經夠難了！順便說一下，僅僅根據試播片判斷一部影集的潛力也是非常困難的，這和根據劇本的頭一兩頁判斷劇本的好壞相類似。畢竟，一集一小時長的電視影集試播片可能乍看很不錯，但實際上只能作為一部兩小時長的電影劇情片的精彩前一個小時，不能承載100集電視影集的分量。因此，我們或許都應該給予電視製作人更多一點同情。

一部影集的每一集都是無休止的第二幕的一部分。重點是每一集都應該探索故事設定的某個方面。如果影集是轉變型，它應該探索主角內在缺陷的一個方面；如果影集是神話型，它就要去探索神祕事件，例如《法律與秩序》的每一集中的神祕謀殺案件。

寫一部突然跳脫原本前提的影集是會有問題的，這就是為什麼至少要知道電視影集理論上存在的第三幕是怎樣的重要性。雖然多數電視影集從來沒有第三幕，但要記住我們先前在劇情片劇本部分提到的重點：第二幕只是故事從第一幕走到第三幕的路線。在電視影集中，第二幕由許多集組成，如果編劇

腦子裡還沒有第三幕就開始進行影集故事編寫，就相當於一個劇情片編劇大肆鋪陳第二幕，卻不知道劇本該如何結尾。

　　例如，在《黑道家族》中，第三幕可以是兩種可能性中的一種──東尼要不就是因為變得太善良被殺死，要不就是因為變得太卑鄙而變成孤家寡人。這替作者後半部的寫作指出了方向。這對電視影集本寫作尤為重要，因為影集創作者通常不是一個人寫完所有影集，因此他必須提供其他編劇跟隨的路線圖。

　　下一章我們從電視影集的角度討論續集。

單元練習 參考《怪醫豪斯》，試寫故事表現角色進化、失敗的進化

觀看《怪醫豪斯》的試播片和它的一些影集。問問你自己，你會寫什麼樣的故事來表現角色的進化，你會怎樣去寫角色失敗的進化。然後想一想你如何把這些故事放慢，用5年的影集來完成它們，與此同時保持觀眾對結局的猜想。

第十三章

電視影集續集的構思

　　有意拍攝電視影集續集的製作人，和拍攝電影續集的製作人所面臨的挑戰非常相似——如何複製原作對觀眾的吸引力，進而確保收視率；同時又得讓它和原作有很大的不同，使影評人和觀眾不會說它毫無創造力地複製原作。

　　解決這個問題的關鍵仍然是內心戲。作者必須為電視影集續集想出一個新的內心戲。最好的辦法便是讓續集的主角以及他的內心戲明顯不同於原作。

　　舉個成功的例子：《CSI犯罪現場:邁阿密》（*CSI：Miami*），它是《CSI犯罪現場》的續集。很明顯的——若相似度太高，就會有人說是相同的影集，僅僅換到另一個城市發生而已，但後來製作人想了一個辦法，製作出了完全不同的作品。

　　這是怎樣做到的呢？在原作《CSI犯罪現場》中，主角是吉爾・葛里森，對科學相當感興趣——他熱愛法醫學，尤其喜歡昆蟲以及牠們可能提供的線索。這種對科學和對解決迷惑的

狂熱貫穿整部劇。這並不是說其他角色是葛里森的複製，但是他們傾向於分享他在工作上的智慧。

《CSI犯罪現場：邁阿密》則非常不同。主角何瑞修的興趣則展現在每件案子的道德觀和是非對錯上。他帶領著一群鑑識專家，但是他對解開謎團本身不感興趣，他的興趣在於抓住壞人。不管他摘下太陽鏡還是把手放在他的翹臀上，何瑞修本質上是一個倫理學家，而不是科學家。

就像原作中那樣，主角的態度被其他的角色重複。當然，既然是續集，那麼它就要像原作一樣利用法醫學來逮捕罪犯，雖然這種智力追逐繼續上演，但是它的整體基調的變型讓兩部影集看起來非常不一樣。

當然，《CSI犯罪現場》系列影集大部分是神話型故事裡的福爾摩斯型和怪物型。在這個方面，兩部影集非常相似。但是一個神話型電視影集可以利用轉變型元素──主角和他的內在缺陷──加入許多韻味。透過改變這方面，你能夠想出一部相似但讓人舒服的電視影集，讓觀眾感覺到這兩部戲仍有明顯的不同。當然，唯一需要為續集擔憂的是已經創作出成功電視影集的作者，因此我希望你也有這樣的憂慮。

◎

接下來探討沒有遵照內心戲的劇本是否一樣能獲得成功。

觀看電視影集《法律與秩序》、《法律與秩序：特殊受害者》、《法網遊龍：犯案動機》（*Law & Order: Criminal Intent*）和《法網遊龍：洛杉磯》（*Law & Order: Los Angeles*）。記下製作人如何改變每一部續集的模式從而創作不同的續集。

《法律與秩序：特殊受害人》集中在特殊的違法事件（性騷擾），對原作更關注警察的家庭生活也有興趣。

它仍然給警察更多的戲分，突然從警察轉到檢察官的情況較少。《法網遊龍：犯案動機》則聚焦在開放式的謎案，而不是封閉式的謎案（觀眾知道是誰犯案），並且集中在它的古怪主角的怪異的審訊上。

最近的續集《法網遊龍：洛杉磯》回到了最初的模式，希望它美國西岸的事件發生地點會給它獨特的風味。

哪一種方式你認為最有效果？你能想出更多有效果的變型嗎？

第六部

打破規則

到目前為止，我已經闡明了編劇的內心戲模型——內心戲是寫出一個引人入勝的劇本的關鍵。

這便產生了一個有趣的問題：難道這是寫一個成功劇本的唯一途徑嗎？打破這個規則仍能寫出讓觀眾喜歡的劇本嗎？其實，少數的例子仍然可以獲得成功。

第十四章

隱藏的內心戲

　　進化型劇本如此平常，所以已經根植在觀眾心中，以至於即使一部電影不足以完成這個模式，觀眾有時候自己也填充了其中的空白。

含蓄的內心戲：電影《愛情限時簽》

　　讓我們看看由珊卓・布拉克主演的《愛情限時簽》（*The Proposal*）。電影的預告片安排了這樣的故事——無情的上司瑪格麗特・泰特（珊卓・布拉克飾）讓她的助手安德魯・帕克斯頓（萊恩・雷諾斯飾）和自己假結婚，這樣她就可以避免被美國驅逐出境。一般來說，觀眾立即就知道這個故事會如何發展：這個無情的老闆會意識到她做事方式的錯誤，變成一個更好的人，並且發現，她真正愛的人就是一直被自己壓迫的可憐傢伙。

這種電影很容易被預知，就像一個日本歌舞伎戲劇一樣。大多數人可能不用去劇院，仍然能輕易搞懂這部電影，以此愚弄粗心的人。

不過，這種徹底的可預知性有兩種不同效果，對某些人來說，它會讓一部電影感覺平淡無奇，以至於他們完全不想進戲院觀看；但是對另一些人，他們的期望是如此強烈，即使這部電影完全不能滿足他們，他們仍會堅持看完。

在《愛情限時簽》這個例子中，我認為這部電影並沒有好好地遵照進化型該有的模式進行，好比說，在第一幕中沒有清晰設定瑪格麗特的缺陷。她被處理成像梅莉・史翠普在《穿著Prada的惡魔》（*The Devil Wears Prada*）中所扮演的米蘭達角色，但是她並不如後者在片中那樣聰明、刻薄或立體。

當瑪格麗特被警告會被驅逐出境（回加拿大！）時，她想出了與安德魯假結婚的詭計。她脫口而出告訴他們的老闆，說他們已經祕密訂婚，正在去阿拉斯加安德魯家鄉的路上，並且把他們打算結婚的消息告訴安德魯的家人。

安德魯同意了她的騙局，因為他們的交換條件是要將安德魯升職成為編輯。

在第二幕中，他們住在安德魯家的豪宅中（原來安德魯富有的爸爸擁有整個小鎮），於是，故事進展到男方的親戚想要進一步了解安德魯的新婚太太……但是在第二幕，故事並沒有處理瑪格麗特的任何內在缺陷，反而轉移到她應付撥接上網和

脱衣舞男等可怕的事情，如此一來，她的缺陷在第一幕沒有交代明確，也沒有在第二幕得到落實。

我們在故事中逐漸發現，這名助理想成為一名編輯的夢想其實是遭到了富爸爸的反對，此外，後來出現的安德魯的奶奶是一個怪人。簡而言之，第二幕除了沒有關注瑪格麗特是否會克服掉她個人的缺陷之外，其他所有的事情反倒受到相當大的關注。

不過，第三幕符合了進化型的特點。瑪格麗特最後終於向眾人，包括追查她的美國移民局官員承認了自己計畫，通過假結婚是為了逃避聯邦法律，因此她將被遣返回加拿大。只是，正當她要離開的時候，安德魯向瑪格麗特表明了愛意，一切正如大家猜到的那樣，瑪格麗特意識到自己早已不知不覺地也愛上了安德魯，最後他們決定結婚，從此以後快樂地生活。

我對這部電影的觀點是，儘管電影的第一幕和第二幕沒有好好處理，但第三幕拯救了這部電影。為什麼？我不認為這在其他的例子中也能取得成功，但是在這裡它確實起作用了，因為這個故事是如此熟悉，如此俗套，只要電影結尾有效果，中間發生了什麼已經變得無關緊要了。

當然，我並不建議編劇依靠它。我仍認為如果第一幕的設定更清晰，第二幕建構在第一幕的設定上，這部電影會更好。但是這部電影顯示了內心戲的力量，即使內心戲只有部分發展，它仍然能夠讓觀眾足夠滿意，從而使電影獲得成功。

◎

　下一章我們看看另一個沒有太多內心戲的劇本也獲得成功的例子。

改編《綁票通緝令》，成為前後連貫的「怪物型」故事

觀看由梅爾·吉勃遜主演的電影《綁票通緝令》（*Ransom*）。

在這部電影中，湯姆·慕蘭（吉勃遜飾）是一個富有的商人，他的兒子被變節的警察吉米·沙克（蓋瑞·辛尼茲飾）和一夥罪犯綁架。剛開始慕蘭願意付一大筆贖金，但是他意識到即使付了贖金，綁匪仍然可能殺掉自己的兒子，因此他打算把錢懸賞任何能幫助抓住或殺掉這些壞蛋的人。

這是影片的前提，它既不是轉變型故事也不是神話型故事。慕蘭沒有進化，他也沒有真正想要殺掉沙克——他只是想要把兒子弄回來。這不是一個真正的「怪物」故事。

但是在電影的最後，沙克殺掉了他的同夥並且向慕蘭索取懸賞。慕蘭打算把錢給他，但是意識到他就是綁匪，在電影最後的10分鐘，它轉變成了「怪物型」電影。慕蘭殺掉了「怪物」，因為這個神話型的結尾，這部電影的票房大有斬獲（預算約8000萬美元，全球票房3.3億美元）。

試著改編這個故事，使之成為前後更連貫的「怪物型」故事。

第十五章

有時外部戲就夠了！

　　如果你在建構場景、編寫對白——外部戲方面非常出色，會怎麼樣呢？有足夠好的外部戲的劇本或電影可以缺少內心戲嗎？雖然這樣的機率不高，但有時還是可以成功的。

只有外部戲依然出色：電影《血迷宮》

　　科恩兄弟的第一部電影《血迷宮》（*Blood Simple*）就是這方面的最佳例子。它是一個關於猜忌和謀殺的複雜故事，大多數角色的結局是死掉了。沒有人特別地進化或是退化，也沒有「怪物」或者其他神話型的故事。這部電影如果按照內心戲的說法，它寸步難行。

　　但是實際上這部電影不只走出自己的路，還走得很遠。

　　《血迷宮》的場景令人驚訝，對白犀利，攝影極佳。看到最後，你意識到你再也不能挽回剛剛享受過的那段美好時光。

科恩兄弟的大部分作品都是這樣，包括《冰血暴》（*Fargo*），這部電影獲得了奧斯卡最佳原創劇本獎。為什麼它能夠獲獎？影評人羅傑・亞伯特（Roger Ebert）曾經這麼說：「像《冰血暴》這樣的電影，正是我愛電影的原因所在。」

至今很多有影響力的人都同意他的觀點。

作家透過語言傳達目標

事實上，許多領域的藝術家最終都會相信他們的作品比任何潛在的目的更重要。以繪畫為例：幾百年前，畫家畫人物是想展現和人相關的一些東西，當然，大師會不斷發展技法，但是他們發展技法只是為了希望用最好的方式實現他們的目標，這個目標便是展現與人類相關的各種狀況、展現。

隨後又出現了更新的、非寫實的畫派，例如抽象表現主義。這些畫派的畫家，以及喜歡他們作品的評論家，避免向觀看者展現任何與人有關的東西，相反地，他們只是在畫畫，只是把顏料塗到畫布上。評論家支持他們的作品，為他們提出畫家試著證明畫布的平滑度之類的理論，只是我不確定真正站在那場爭論的另一邊的是誰。

相似的現象也出現在小說寫作中。在英語的歷史上，莎士比亞寫了其中一些最出色、最難忘的台詞，但是他這麼寫並不是為了展示他有多高的文采，他是為了他的故事、他的主題服

務，為了更清楚地表達他想表達的意念……也就是對人類生活狀況的觀察。

長久以來，大多數作者是這樣做的。他們用自己的語言來傳達他們的目標，盡可能用最佳的方式講述他們的故事。但是最近有一大批小說家，他們似乎認為他們的目標不是講一個故事，而是展示自己的文筆。麥爾斯（B. R. Myers）寫了一本著名的書，這本書抨擊現代作家「努力用大量華麗的句子，不管它們是否適合當時的語境。」

沃爾特‧拉塞爾‧米德（Walter Russel Mead）在網路上這樣寫道：

在美國知識界的名人中，幾乎都能看到理論化的文憑主義迅速且過度的膨脹。在文學領域，評論家和理論家不斷建立複雜的詮釋和思考結構，而想讀點好文學的普通讀者年復一年在減少。我們正在進入這樣的社會，極少數但是非常有資格的人執著地為沒有人閱讀的文本炮製晦澀、自我指涉（但是被同行仔細評價過）的理論。

似乎劇本創作也處於與其他藝術形式相同的處境。編劇和電影創作的最初目的是引起觀眾的情感體驗，而創新有助於更準確地接近這個目標。但是如今有一些觀眾，尤其是一些影評，對於傳統的講故事的電影非常厭倦，他們瘋狂追求一種避

開前後連貫、條理清晰和合乎邏輯的敘述方式。幸運的是，與出版一本書相比，拍攝一部電影的成本要高得多，這意味著取悅觀眾仍然非常重要。

因此，如果你不夠新潮，仍然想要前後連貫地讓觀眾滿意，那麼堅持用內心戲吧。除非你像科恩兄弟那樣擅長外部戲，那麼你也能像他們一樣成功。

◎

下一章，我們會看一看如果一個劇本故意否定內心戲的價值還能不能成功。

這在電視影集中比電影更為常見。畢竟，如果你喜歡並且已經追隨一個系列的電視影集好幾年，忽略這部電視影集整體內心戲是很容易的。

觀看電視影集《LOST檔案》(*Lost*)的第一集和最後一集。第一集把整部影集設定為「福爾摩斯型」——這個神祕的小島是什麼？最後一集是否圓滿完成了這個神話型故事？你如何改變最後一集讓這個故事更圓滿？或者你如何改變第一集的設定讓最後一集更加令人滿意？

第十六章

顛覆內心戲

　　本書已經全面講述了內心戲，最常見的是主角積極地進化，而內心戲就是讓劇本成功的關鍵。然而，這出現了一個問題——如果編劇刻意想要顛覆這種模式，還能不能成功？這樣的劇本會陷入困境嗎？

　　答案是：偶爾可以，但十分少見。

　　其中一個例子就是：《殺無赦》（*Unforgiven*）。這部電影可以說是西部片的復興，克林・伊斯威特在《殺無赦》中飾演威廉・曼尼，他曾經是一名凶悍的槍手，他的妻子已經過世，他為了妻子棄惡從善，成了一個農民，撫養著年幼的兒子。

　　在故事的開端，曼尼是一個好人，他不再是一名殺手，他是一個誠實的農民；但他也是一個壞人，因為我們看到了他在偽裝，他對自己的新生活感到沮喪，對自己感到不滿。再次重申，在電影的開頭，他既不是可以用來進化的壞人，也不是準備保持不變或者退化的好人。他卡在某個中間地帶，從內心戲

的角度來看，這角色是沒有太大前景的。

　　某日，一個小夥子告訴曼尼，他聽說有人懸賞一大筆錢要捉拿劃傷妓女的壞蛋。他想和曼尼聯手殺掉罪犯領取賞金。一開始曼尼拒絕了他，但經過再三思考之後，他找到了自己的老朋友和舊搭檔內德·洛根（摩根·費里曼飾），將他拉進了計畫之中，接著這兩個人騎馬追上了那個小夥子並加入了他。

　　阻擋他們進行這件事的是小比爾·達格特（金·哈克曼飾），他就是受傷婦女所在小鎮的警長，也是一個沒有是非觀念的前槍手。達格特不想讓人闖入他的小鎮領取賞金，他隨時準備反擊，並且如果需要的話，他會殺掉任何嘗試闖入的人。

　　在內德·洛根被殘忍地殺害之後，曼尼血液裡的殘忍因子被喚醒了，他重新找回了內心深處的那個槍手，殺掉了達格特和其他的壞傢伙。電影的最後，曼尼回到了他的農場繼續他的平靜生活。他有點變壞了——他的手上再次沾上了鮮血——但是也有點變好了——他似乎比在故事開頭時對自己更為滿意。

　　常有人說《殺無赦》解構了西部電影，影片沒有遵循西部片的傳統，沒有明確地區分好人和壞人，或是設定出標準劃分出什麼是好的暴力，什麼又是壞的暴力——經典西部片對這些問題的回答持續受到挑戰。即使是細節處也有所不同，比如伊斯威特想用酒瓶打鬥，但是最終還是把瓶子摔到地上。若真正仔細看的話，劇本指出了西部片是如何安排的，以及它們構築於上的幻想。

這部電影沒有去解釋這個故事，它故意挑戰內心戲的傳統，即主角應該經歷一個意義重大的改變。這部影片被評論為比任何被它顛覆的傳統西部片都要真實。

　　因此，運用沒有重大改變——或者變得更好，或者變得更糟——的方式講故事也是可以的。這部電影避開了內心戲——不是偶然，而是故意。

觀看電視影集《黑道家族》的試播片和最後一集。東尼‧索波諾在追求
進化的過程中浮浮沉沉。但是在最後一集，隨著螢幕漸黑，編劇沒有明
確告訴觀眾他最終是克服了自己的缺陷還是向自己的缺陷屈服了。

這種結尾飽受爭議——某些觀眾很喜歡這種結局，另一些則非常厭
惡。編劇怎樣能用更常規一點的方式結束這個故事？想一個進化型和
一個退化型的結尾。編劇選擇了最好的方式來完成這部電視影集了
嗎？

第七部

透視你的劇本

在最後一部分，你將會學到如何看劇本以及如何評價它的內心戲，也就是進行我說的給劇本照一照X光——劇本透視。

第十七章

劇本透視

　　首先，通讀整個劇本。記著，千萬不要使用鉛筆！讀劇本並不是要你標出你喜歡的場景或者台詞，而是要你從整體出發，看看它的內心戲是不是奏效。因此，千萬不要做筆記，也不要順手折起劇本的頁腳。

第一步：檢查劇本是否具有轉變元素

　　讀完整個劇本後，問問你自己：這個劇本從頭到尾是不是主要講了一個角色的改變？在通常情況下，這個角色會是主角，但在少數情況下，會是其他角色。既然進化是劇本角色中最常見的變化，那麼再問問自己：在劇本結尾時，主角是否進化或者成長為一個更加健康、更加快樂的人呢？如果是這樣，那麼你處理的就是轉變型劇本中的進化型。

　　如果劇本中的角色明顯變得更壞而不是更好，那你得到了

一個退化型故事。

　　如果角色仍然保持在同樣的水準上，通常是健康狀態，但是在外部戲的發展中，角色卻不得不多次抵制各種誘惑，那麼你得到的是一個保持不變型的故事。

　　最後，如果角色的心理／情感健康狀況提高然後下降，或者下降然後提高，那麼你有一種形態不同尋常的內心戲，就像救贖類電影《名媛教育》一樣。

　　當然，最重要的是，劇本必須具有某種內心戲。如果你的劇本中沒有轉變型內心戲，那麼轉到下一步看看有沒有別的希望。

第二步：檢查劇本是否具有神話元素

　　看看這個故事是不是大部分由追殺一個怪物組成，無論這個怪物是自然的、超自然的、人類，還是制度型的怪物。去毀滅它或者擊敗它？如果是，那麼你的劇本屬於怪物型故事。

　　看看故事是不是寫了一個角色在劇本或者電影開始時，是一個卑微、幼稚的人，但是當結束時角色沒有太大改變，沒有成為一個有力量、傑出的成年人。如果是，那麼你的劇本屬於灰姑娘類型。

　　看看你的故事是不是一個偵探故事。故事中總是有一個真的偵探或者其他角色扮演一個這樣的角色，費盡千辛萬苦去解

開一個神祕事件。當真相大白之時這個故事是否也就成功地完成了？如果你的答案是肯定的，那麼你的劇本屬於福爾摩斯型。另外要記得，福爾摩斯型常常會轉變為怪物型故事，尤其是當第一次破案、緝捕並懲罰罪犯的時候。

看看故事中的主角是否穿越到了一個完全陌生的世界，在那裡他遇到了極大的麻煩，而他渴望回到原來的環境世界。檢視一下劇本是否按照綠野仙蹤型發展。

看看角色是不是一開始是因為生活中嚴重缺乏愛而心如死灰，然而當有一個人向他或她示愛時，他或她是否會從極度低落的狀態中被喚醒？如果是這樣，那麼你的劇本是睡美人型。

記住，轉變型和神話型這兩類並不互相排斥：一部劇本可以同時兼有這兩種類型，這就是混合型，例如電影《阿凡達》（*Avatar*）。這部電影是典型的混合型。導演兼編劇詹姆斯・卡麥隆（James Cameron）在他的3D史詩片中加入了許多內心戲。

首先，主角傑克・薩利經歷了一場深刻的進化，他是一名前海軍陸戰隊隊員，在影片開始時嚴重受傷，失去了雙腿，他的哥哥也死了。當他加入潘朵拉探險隊時，其他士兵並不歡迎他，可能是看出他的未來危險，但他們不想說出來。這一切組合在一起，把傑克陷入了孤立和怨憤的境地。

但是在電影的最後，傑克轉變了，他變成了一個納美人，成了被完全接受的潘朵拉原住民部落的一員。他和納美人的公主奈蒂莉結為配偶，她教傑克如何在納美部落生活，傑克不再

孤獨。進化在傑克身上表現得淋漓盡致。

在神話型故事方面，影片中有一個清晰的怪物故事。怪物？對，就是人類，尤其體現在那個毫無人性、貌似不可戰勝的柯邁斯上校身上。

傑克領導著納美人反抗人類的武裝鎮壓，最終納美人取得了勝利。他的配偶奈蒂莉殺死了柯麥斯上校，而倖存的人類被遣返，離開了潘朵拉星球。

傑克的進化故事是如此極端以至於劇本變成了神話型以及灰姑娘型的故事。還記得在電影的開始，我們第一次看到傑克時，他不能走路，這是象徵著傑克的孩提狀態。這個象徵在傑克進入到阿凡達身體之後試圖再次重複——他的狀態不定且障礙重重。

後來，當他在阿凡達身體裡學習納美人的生活方式時，雖然仍很難跟得上奈蒂莉，但是他在慢慢改善。

在電影的結尾，傑克的轉變遠遠超越了一般的進化，變得更健康並克服缺陷。他變成了部落的一員，而且不是普通成員，傑克成了他們的大英雄，把他們從流放甚至可能是種族滅絕的厄運中拯救出來。他還馴服了神獸，殺死了怪物；他娶了公主，成了部落的王。故事到此，他終於完全成長了。

- 如果你讀到的劇本既沒有轉變型的內心戲，也沒有神話型的內心戲，那麼這樣的劇本是很難成功的。

一定要遵守本書的理論。許多劇本，甚至有些拍成電影的劇本，只是因為缺乏轉變型或者神話型的內心戲而失敗了。如果你的劇本真的是這樣，那麼，你得重新設計你的劇本並且想出一個內心戲，無論是轉變型還是神話型，這會推動你的劇本。沒有一個內心戲，劇本恐怕不能奏效。

第三步：轉變型內心戲，是否在第二幕繼續推進？

如果你正在處理一個轉變型內心戲，把你的注意力轉到劇本的中間部分，看看它是不是繼續留在那個故事上，還是跑題到無關（對內心戲而言）的方向上，像是一些喜劇效果或者動作場景？請記得，要真正有效的話，劇本的中間部分必須保持在由開頭和結尾設定的內心戲的軌道上。

如果你的劇本是神話型，發生中間部分偏離軌道的問題，潛在可能性會較低一些，因為如果一個角色想殺死一個怪物，那他可能沒有閒功夫停下來在第二幕去打高爾夫球。

但是神話型劇本卻有另一個潛在的問題。

第四步：神話型劇本，外部戲是否象徵內心戲

神話型故事最常見的形式是怪物故事。記住，它應當這樣進行：故事中的怪物，無論是動物、人類或是制度，都象徵著

一種人類的缺陷。殺死怪物意味著克服了這個缺陷。因此，看看你的故事是不是按照這樣發展的，這是很重要的。

和進化型故事類似的情況是與怪物戰鬥，有時候會略勝一籌，有時候卻一敗塗地，直到最後，怪物被殺死。這在象徵意義上等同於主角與他的內在缺陷抗爭，並且最終通過克服缺陷來達到進化。

另一種可能是怪物最終贏了。這類似於退化型故事，在這種故事中主角向他的內在缺陷屈服了。

要避免寫一個「不能」解釋為轉變型故事的怪物故事。例如，你寫一個故事，主角逃離了怪物，然後怪物就自己消失了，而這種消失與角色卻毫無關係，沒有體現象徵意義。你不能通過逃離來克服你的內在缺陷。如果你逃開了並且讓你的內在缺陷打敗了你，你可能會得到一個成功的逃離型故事。

如果你有一個神話型故事，但是效果不好，你就需要修改你的劇本來讓它正常發展。

綜上所述，當你要給你的劇本做一個X光透視時，其實你只要問你自己兩個問題：

1. 我的劇本是否有一個內心戲，無論是轉變型或者神話型？
2. 如果有一個內心戲，它是不是結構合理？

如果這兩個問題的答案都是Yes，那麼你的劇本就能成功。

如果這兩個問題的答案中有一個是No，那麼你的劇本就存在問題，有些地方你得重寫了。

讓我舉一個例子來更加清楚地演示怎麼做劇本透視。以最近的電影《狙擊陌生人》（Unknown）為例。這部影片由連恩·尼遜領銜主演。如果你還沒有看過這部電影也不想知道會發生什麼，在此先預告，接下來會有一連串的劇透。

電影開始的主要元素很明顯是神話型裡面的福爾摩斯型。第一幕出現了一個神祕事件——尼森扮演的馬丁·哈里斯醫生和他的妻子去柏林參加一個專業會議，他乘坐計程車發生了車禍並且昏迷了四天，當他清醒過來後，他發現妻子並沒有到處尋找他。他跑去找自己的妻子，卻發現她好像根本不記得有他這個人，而一個陌生男人取代了他的位子，成了她的丈夫，並且也奪走了馬丁·哈里斯醫生這個身分。主角哈里斯的目標就是解開這個神祕事件，找到事情的真相。

作為一個福爾摩斯型故事，這部電影有些不同尋常，因為它不僅破解一個案件的同時還帶有相當的趣味性。謎團是在第三幕解決的嗎？事實上，在更早的時候——第二幕的結尾，謎團就已經解開了，這意味著這類型不能把電影帶到結尾，這挑戰了劇本創作。

隨著影片的進展，這個神祕事件會繼續留在軌道上嗎？在他死裡逃生後，哈里斯向一個前東德的祕密警察求助，這個警察獨自踏上了尋找真相之旅。但是，這個戲劇化的橋段很難令

人滿意，因為他所做的一切沒有哈里斯的參與。

值得一提的是，《狙擊陌生人》是從一本小說改編而來的，東德祕密警察的故事可能在小說中看起來是有趣的，在書中我們可以看到他的內心活動，可以更加瞭解他的故事。但是在電影中，看著他在電腦上打字和打開郵件真的有點枯燥。事實上，他是首先解開謎團的人，在解開謎團之後，他卻自殺了，並且沒有把真相告訴哈里斯。

哈里斯最後仍然發現了事情的真相，但卻是那些反派角色準備殺他的時候告訴他。這就像是《蝙蝠俠》中的超級大反派一樣，他們會嘲弄蝙蝠俠，而讓蝙蝠俠有機會打敗他們並且逃走。

不管怎麼樣，謎團的解決方案是——哈里斯完全不是真正的哈里斯——他其實真的是一個沒有身分的人，他是一個國際暗殺組織中的一員，「馬丁·哈里斯醫生」其實是他為了在柏林執行任務的一個假身分。因為車禍造成的創傷，他陷入了混亂，把假身分當成了真正的自己。

由於謎團被過早解開，福爾摩斯型的故事就結束了，但是劇本接下去要朝著哪個方面繼續卻並不明確。為了讓電影繼續演下去，編劇就不得不重新開始另外一個新的內心戲。事實上，他們又編了兩個內心戲，一個轉變型，一個神話型。轉變型是一個重生版。當觀眾發現哈里斯不是表面上的善良醫生而是一個殺手時，這是貌似退化的效果，至少從我們看來，他已

經從好人變成壞人了。

當他痛苦地發現自己是真正的殺手時，另外一個角色告訴他，活在當下最重要，一個清晰的召喚讓他重新進化成一個好人。他重生了。

不幸的是，這段轉變型電影有一些問題。一方面，我們並沒有看到哈里斯真正幹過什麼壞事，比如殺了什麼人，我們只看到他為了去柏林準備執行任務，因此他的表面退化並不是那麼令人信服；另一方面，他為什麼應該轉變的原因一點也不清晰——他因為頭部受傷而發生了混亂，但是顯然在受傷之前他並沒有覺得作為一個殺手有什麼不妥。那我們為什麼就不能設想當他完全恢復後再次做一名殺手會覺得很自在呢？

為了促進他的重生，劇本引入了一個怪物型故事，即阻止剩下的刺殺隊員完成他們的致命任務。但這個怪物故事太薄弱了，這個刺殺團隊既不是大規模殺人，也不是到處搞破壞；他們一直謀劃刺殺一個我們並不真正瞭解的角色，我們沒有看到剩下的兩個隊員中任何一人殺人，因此他們並不是真正可怕的怪物。其中一個隊員在開始還是以哈里斯深愛的妻子身分出現，所以我們甚至還有點喜歡她。

在最後，哈里斯的確阻止了刺殺行動，他用新護照，和將他從整件事的漩渦中拯救出來的美女計程車司機遠走高飛，故事的結尾是：壞人大概找不到他們了。但是他們既不是夫婦，劇中也沒有任何鋪陳會發展成這樣，因此他們僅僅是……逃走

了。電影的最後一幕，沒有終結任何內心戲的故事。

因此在第三幕裡引入的兩個內心戲故事既不令人投入也不令人滿意，這部電影最終會不會成功，就要看觀眾認為開始的福爾摩斯故事帶給他們的享受，和後來的重生、怪物故事帶給他們的失望哪個比較大了。

單元練習 觀看幾部電影，做全面的劇本透視

看幾部成功的電影並為它們做全面的劇本透視。然後再找一部不成功的電影練習。劇本透視是否解釋了觀眾為什麼會有不同的反應呢？

第十八章

總結——我們學到了什麼？

　　那麼，我們從這本書裡學到了什麼？

　　首先，最重要的一點是，觀眾看電影時他們在尋找——當然，不必是有意識地——一種獨特的東西：內心戲。外部戲是外在故事情節——主角是想要努力贏得國際象棋的冠軍，還是要從一家牢不可破的銀行盜取價值連城的錢幣收藏品；而內心戲是角色內在的心理和情感方面發生什麼了。

　　如果你有一個好的內心戲，觀眾可能會喜歡你的劇本；如果你沒有一個好的內心戲，觀眾是不大可能會喜歡的。

　　接下來，內心戲到底是什麼？多數情況下，是主角克服一種內在缺陷，並且通過這樣做變成了一個更好的人。如果我們在銀幕上看到主角這樣做的話，那麼這部電影的內心戲就是最常見的類型——進化。角色在開始時是有缺陷的，然後在經歷了外部戲後，他被迫面對並且克服這種缺陷。

　　和外部戲的連結方式有多種——有時候角色必須克服內在

缺陷來實現外部戲的目標；有時候是放棄外部戲的目標來克服自己的內在缺陷。外部戲僅僅是劇本的一種策略布局，用來迫使或促使內心戲進行，即角色發生了內在改變。

接著我們學習了兩種不同的內心戲。其中我們剛剛提到的觀眾看到角色有了改變的這一種，叫做轉變型。另一種卻是非常不同的類型，角色不是確實的轉變，只是象徵意義上的轉變，叫做神話型。

7種轉變型內心戲

從轉變型開始，我們來複習一下轉變型內心戲的幾種不同形式。

進化：進化是最常見的。即角色克服內在缺陷來變成一個更好的人（電影《黛妃與女皇》）。但是也有其他的情況。

退化：退化是角色開始時相對沒有缺陷，但是卻向一種內在缺陷屈服，在此過程中變成了比原來更壞的人（電影《教父》）。它不如進化常見，但有巨大的潛在效果。

不變：保持不變是角色開始時就沒有內在缺陷且一直保持這種狀態，拒絕向內在缺陷屈服（電影《300壯士：斯巴達的逆襲》）。

另外還有幾種轉變型，它們是以上三種的結合體：

不成功的進化：角色開始有缺陷，並且開始進化，但是接

著又退化回去，最後以仍和原來一樣壞或者變得更壞而結束（電影《力挽狂瀾》）。

失敗與重生：角色先退化了，但是後來進化回歸到他的最初狀態（電影《名媛教育》）。

有變化的保持不變：角色一直保持在原來的水準上，在最後緊要關頭進化了一點成為更好的人（電影《黑暗騎士》）。

進化和保持：角色快速進化，然後需要抵制巨大誘惑不會退化回到起點（電影《大審判》）。

最後，對於轉變型來說，我們指出，因為角色的變化是從觀眾的角度來衡量的，所以就會衍生出表面進化或表面退化，即使是角色本身並沒有真正的進化或者退化。這是一個角色對其他角色（包括觀眾）隱藏其本來面目的結果。所以當他的本來面目揭開後，他可能是一個比原來更好的人（電影《巨塔殺機》），或者是一個更壞的人（電影《震撼教育》）。觀眾會把他的表面和本來面目進行比較，這樣就會產生一種情感上的效果——進化或者退化。

表面進化也可以是因為編劇扭曲了時間順序而產生的結果，例如，電影從角色的低點開始到高點結束，產生一種表面進化，儘管事實上角色的這些點在劇本的時間線上並不是實際的起點和終點（電影《黑色追緝令》）。

九型人格的應用

然後我們討論九型人格的應用。九型人格是一個流行的心理學工具，可用來構造一個連貫一致且有意義的轉變型劇本。九型人格把人分為九種人格類型，並且每一種都有詳細的描述，同時也描述了每一類型裡更健康和不太健康的兩種版本。所以對於想要表現角色克服一種內心缺陷的編劇來說，只需要讓角色從他那種九型人格類型的較不健康的版本開始，然後讓他改變為更健康的版本就可以了。這是劇本創作的一個優秀工具。

神話型、怪物型故事

然後我們轉而討論神話型，就是以外部戲來象徵內心戲。首先，最常見的是怪物型故事。在這種劇本裡，角色打敗了某種怪物，無論是真正的怪物、外星人、邪惡的人、一種疾病，或者別的不斷威脅的東西。在怪物型故事的劇本裡，角色不需要變得更好，因為他把怪物殺死本身就是克服內在缺陷的一種象徵（電影《大白鯊》）。

以下是怪物型故事的幾個值得注意的變型。

逃離型：這種類型常常不能奏效。角色不是與怪物鬥爭，反而是逃走，最後怪物因為和角色毫無關係的原因死去，它的

象徵意義是不能讓人滿意的（電影《世界大戰》）。所以，通過逃避來克服內在缺陷是行不通的。

但是在一種情況下，逃離型也能奏效，就是故事中的主人公被怪物殺死（電影《厄夜叢林》）。就像是殺死怪物在轉變型裡象徵著進化一樣，逃離型中被怪物打敗象徵著轉變型裡的退化。

好怪物：這種怪物故事到最後發現人類極力追殺的是一個好怪物，這樣的版本總是令觀眾迷惑（電影《金剛》）。你的內在缺陷怎麼可能是好的呢？

殺錯怪物：在這種類型中，角色被欺騙，殺掉的不是真正的怪物，到最後這個怪物仍然是一個威脅，結果是嚴峻的而不是希望的那個未來（電影《第六感追緝令》）。

福爾摩斯型：在這種故事裡，神祕事件是要殺的怪物。謎團是威脅，因為它讓我們的理性不能解決現實問題。通過解決謎團，偵探再次證明理性能克服混亂的重要性。

下面是一些神話型裡除了進化和退化外的具有象徵意義的故事類型。

灰姑娘型：這類故事代表從孩子成長為大人。角色在故事開始時是一個像孩子似的人，被父母和受寵愛的兄弟姐妹壓迫，然後進步並在最後成為一個堅強、能幹的成年人（電影《神鬼認證》）。

綠野仙蹤型：角色來到了一個完全陌生的地方，他為了

回到原來的世界需要克服極其艱難的挑戰（電影《綠野仙蹤》）。這種類型的象徵意義是，代表了常見（不正確）希望和信念，即一個外部改變是讓我們過著快樂無憂的生活唯一需要的東西。

睡美人型：在睡美人故事裡，角色開始時是一個心如死灰的人，在有人向他示愛後，他被喚醒（電影《北非諜影》）。這類故事的象徵意義是，沒有愛的生活根本不是生活，過著這種生活的人是需要通過找到愛而被拯救的。

領悟：它不是一種原型，有人嘗試過但是沒有效果（電影《震撼效應》），應當避免這種類型。在劇中，角色沒有真正克服一個缺陷，而是「領悟到了一些東西」，通常是編劇認為很重要的某個政治觀點。但是由於角色事實上並沒有進化，無論是真正的還是象徵意義上的進化，因此這樣的故事並不會讓觀眾投入。

下面我們看看常被認為是一種原型，但其實並不是的形式——追求。角色的追求不能稱為一個原型，除非它符合神話型類別裡的某個類型：如果角色的追求是殺死某個怪物，就屬於怪物型故事；如果角色發現他處於一個陌生的新世界，他的追求是克服困難回到他原來的世界，這就是一個綠野仙蹤型故事。但是如果角色的追求是帶著世界上僅存的一本《聖經》，步行橫越整個美洲大陸到加州，把它帶給一群人，他們將會大量印發它，使上帝之語傳遍大地（電影《奪天書》〔*The Book of Eli*〕），這樣的故事根本不是神話型。它是一個急需轉變型內心戲的外部戲。

接下來我們要討論把內心戲和外部戲編織成一個令人滿意的劇本。

在轉變型類別中，劇本必須在第一幕就介紹角色的內在缺陷，在第三幕表現進化或者退化的結果，並且極其重要的是，在整個第二幕要保持描寫角色的改變。許多劇本出錯就是因為在第二幕偏離了內心戲。

然而在神話類型中，最重要的是確保外部戲的象徵意義令人滿意。

在以上兩種類型中，我們介紹了一種方法把劇本的內心戲和外部戲或者外部戲和象徵意義做成圖表（見p128、p129），這種方法可以幫助編劇在替劇本創作情節時不偏離方向。

在這之後我們研究了改編、續集和重拍這幾種特殊形式。這類電影的底線是和所有其他類型遵循同樣的規則——成功與否取決於內心戲的品質。編劇在寫這方面的劇本時，要和寫其他類型一樣謹慎，一定要有一個吸引人的內心戲。

電視影集有自己的內心戲

接下來我們轉到電視。內心戲理論應用於電視和應用於電影一樣有效，但是電視影集有電視影集的內心戲。一部電視影

集必須有一個清晰連貫的內心戲，無論是轉變型還是神話型，只有這樣才能成功。大多數每集半小時長的電視影集是轉變型，但許多每集一小時長的電視影集是神話型，包括大家熟悉的結合了福爾摩斯型和怪物型的警匪劇。

然後我們講了幾種例外。有一些劇情片不需要完全遵守內心戲理論也可以成功。一些電影即使設定的內心戲並不太理想，發展過程也不太吸引人，但是，如果內心戲最後能有一個精彩結尾的話亦可獲得成功（電影《愛情限時籤》）。

也有些電影在缺少內心戲的情況下也能成功，是因為有一個令人驚奇的外部戲電影（電影《血迷宮》）。最後，偶爾也有電影完全沒有內心戲也吸引了觀眾，也就是說電影中的角色既沒有變得更好也沒有變得更壞（電影《殺無赦》）。

最後，我們學習了怎樣做劇本透視，怎樣去評價一個劇本或者電影的內心戲。透視劇本能幫助你一步一步評價一部電影或者劇本，這樣你就能知道它到底怎麼樣，還需要做哪些改進工作。

第十九章

現在，你該怎麼做？

現在，你該怎麼做？

還記得這本書的前提嗎？

· 堅定不移地關注內心戲是寫出成功劇本的關鍵。

當你寫劇本時要運用這一點，確保你的每一個劇本裡都構思和使用了一個引人入勝的內心戲。

考慮到你在本書裡已經學到的內容，你應該做的另一件事就是繼續你的劇本寫作教育。再回到本書一開始的比喻上，既然你已經知道打高爾夫球的目標是用最少的桿數把球打到洞裡，那麼類似「你的腦袋要一直低下去」這樣的建議就更有意義了。大多數的書籍、DVD和可學的課程裡都有一些能幫你成為更專業編劇的東西，而現在你具備了更多的知識去評價它們，並從中吸取能幫助你的東西。

例如，如果一本書告訴你，你的劇本裡的主角絕對需要一個對手，那麼你就得問問自己這對你來說是不是對的。如果這個對手是主角進化所必須的，這就是對的。但如果不是這樣的話，對這種傳統觀點就要提出質疑了。

可能我們需要對手的主要目的是讓外部戲不會太快結束——畢竟，如果沒人阻攔的話，一個小夥子要運送毒品到底特律是很快的。另一方面，如果你寫一個像《鴻孕當頭》這樣的劇本，因為不管有沒有對手她都要懷孕9個月，這樣的話，也許你就不需要一個對手了。

本書中最重要的一點就是，編劇需要一個理論。在你對於打算呈現什麼給觀眾還沒有什麼想法時，你絕對不能開始動手打字。這就是本書要告訴你的：觀眾渴望看到內心戲。

當你看電影時要習慣於同時關注你自己的反應。這部電影你喜歡的是什麼？討厭的是什麼？什麼時候興致盎然？什麼時候又感到索然無味？如果你能弄清楚自己喜歡什麼，你就能知道觀眾喜歡什麼了。別成為一個只想著編劇的編劇，要做一個屬於觀眾的編劇。

這就是我為什麼要寫《角色人物內心戲攻略》的原因，我真誠地希望本書能對你有所幫助。

祝你好運！

國家圖書館出版品預行編目(CIP)資料

角色人物內心戲攻略：9型人格建構人物，8種角色帶動故事衝突！教你成功塑造人物的法則 / 山迪‧法蘭克(Sandy Frank)著；李志堅譯. -- 初版. -- 臺北市：原點出版：大雁文化發行, 2021.11
208面 ;15x21公分
譯自 :The inner game of screenwriting : 20 winning story forms
ISBN 978-986-06980-9-1(平裝)
1.劇本 2.寫作法

812.31   110018188

THE INNER GAME OF SCREENWRITING:20 WINNING STORY FORMS by SANDY FRANK
Copyright©2011 BY SANDY FRANK
This edition arranged with MICHAEL WIESE PRODUCTIONS
Though BIG APPLE AGENCY,INC.,LABUAN,MALAYSIA.
Traditional Chinese edition copyright©2016 Uni-Books,a division of And Publishing Ltd.
All rights reserved.

角色人物內心戲攻略：

9型人格建構人物，8種角色帶動故事衝突！教你成功塑造人物的法則
(原：好故事!先抓住人物內心戲)

作　　　者	山迪‧法蘭克 (Sandy Frank)
譯　　　者	李志堅
封面設計	白日設計
內頁構成	陳健美
執行編輯	紀瑀瑄
責任編輯	詹雅蘭
校　　　對	簡淑媛、紀瑀瑄、詹雅蘭
行銷企劃	王綬晨、邱紹溢、蔡佳妘
總　編　輯	葛雅茜
發　行　人	蘇拾平

出　　　版　原點出版 Uni-Books
　　　　　　Facebook: Uni-Books 原點出版
　　　　　　Email:uni-books@andbooks.com.tw
　　　　　　台北市105松山區復興北路333號11樓之4
　　　　　　電話：（02）2718-2001 傳真：（02）2718-1258

發　　　行　大雁文化事業股份有限公司
　　　　　　台北市105松山區復興北路333號11樓之4
　　　　　　24小時傳真服務：（02）2718-1258
　　　　　　讀者服務信箱 Email: andbooks@andbooks.com.tw
　　　　　　劃撥帳號：19983379
　　　　　　戶名：大雁文化事業股份有限公司

二版一刷　　2021年 11月
定　　　價　370元
I S B N　　978-986-06980-9-1
I S B N　　978-626-70840-0-7（EPUB）

大雁出版基地官網：www.andbooks.com.tw（歡迎訂閱電子報並填寫回函卡）